苓菁作品

異遊鬼簿II
地獄門
笭菁作品47
笭菁

目錄

CONTENTS

異遊鬼簿II：地獄門

楔子

白色的霧籠罩了整個大地，瀰漫在大街小巷間，本就陰暗的街道更顯黯淡，即使是夏天，到了夜晚依舊帶著些許寒意，女孩拉攏了披肩，疾步走在街上。

路上還有三三兩兩的行人，透過白霧可以看見車子緩慢行駛，霧都倫敦，果真名不虛傳。

女孩看了看手錶，十二點多了，她剛從酒吧出來，喝酒跳舞後血液循環加快，渾身發熱，出來走一走、吹吹風才稍微舒服了一些。

明天早上還有課，不能在酒吧待太晚，她的期末報告還沒寫完……

「哎！」腳步一個踉蹌，女孩的腳拐了一下，又因為喝了酒，頭重腳輕，突然一陣暈眩，逼得她蹲下身，忍不住暗忖，只是喝了幾杯，怎麼這麼沒用。

她皺起眉，下意識的回身往後看去。

奇怪，剛剛明明有一組腳步聲跟在她身後的，怎麼突然沒了？

稍待片刻後，她緩慢的站起身，繼續往前邁開步伐，不過腳像是扭到了，走起路來不太舒服，微微刺痛著。

喀噠……喀……喀。

那組足音再度在她身後響起。

女孩愣了一下，她加快腳步，身後的步伐也跟著加速，她急忙選擇往就近的左邊巷道彎進去，怎知足音竟跟了上來！

天哪！她被跟蹤了？是變態嗎？

女孩越走越快、越走越急，邊把手伸進包包裡挖著手機，她彎進了不熟悉的區域，而身後的人也疾速跟上；她慌亂的遇彎就轉，好不容易拿出手機，她必須立刻打電話報警，立刻——

她幾乎可以感覺到那人此時就貼在自己身後，女孩倒抽一口氣，肩頭接著被狠狠撞了一下。

那人竟擦過她的肩頭往前離去，還回首睨了她一眼，像是厭惡她擋路似的！

女孩驚魂未定的望著消失在霧中的人，對方看起來既魁梧又高大，她是真的嚇著了，竟然把對方當成跟蹤狂？

還不是因為九彎十八拐後對方還跟著她，她才會……女孩貼著巷道裡的牆，不安的環顧四周，這未免也太巧了，沒道理她怎麼拐，對方都剛好走跟她同一條路啊。

望著已經打開來的手機，螢幕在霧裡散發著淡藍色的冷光，她鬆了一口氣，把手機扔回包包裡。

真是大驚小怪，現在要想的是怎麼從這裡走出去吧？

一陣足音忽而又逼近，女孩下意識的側首看去……唰。

一股刺痛瞬間從頸間傳來，她瞪大雙眼，感覺到溫熱的液體從頸部噴灑而出。

「啊……」女孩狠狠的倒抽了一口氣，她想尖叫，卻發現叫不出聲了！

下意識的伸手摀住頸子，血液自頸動脈噴出，她完全無法止血……

人影自霧裡現身，女孩顫抖著望向對方，來人大力的再次在她頸間揮舞，失血過多，她已經開始漸漸失去知覺了。

為……什麼？

高大的身影擋去了所有光線，自頸間湧出的血越來越多、越來越急，而來人一把揪住了她的衣襟，冷不防就著腹部一刀劃下去。

不會很痛，她空洞的雙眼其實看不清到底發生了什麼事。

漸闇的雙眸裡，最後一閃而過的是一把小小的銀色尖刀，在霧裡散發出紅色的光芒。

第一章

開膛手傑克

沉重的行李咚的一聲放到地上，賀濦焱不知道這粉色行李箱裡到底是放了寶藏還是金塊，未免也太重了吧！

「喂喂喂！你怎麼這麼粗魯啊！」綁著馬尾巴的女孩衝了過來，一臉心疼的望著摔在地上的粉紅色行李箱。「萬一摔壞了，怎麼辦！」

男子直起身子，很認真的看了她兩秒，算是漂亮的眼睛凝視著她，俊秀的外貌讓她愣了愣，怎麼這樣看她咧？她會害羞耶！

接著賀濦焱把才落地的粉紅色行李箱一把舉起，扔回後車廂裡，逕自再搬過旁邊兩個銀色行李箱，就往一旁的樓梯走上去。

「咦？咦！」葛宇雪張大了嘴巴，目瞪口呆的望著後車廂大聲嚷嚷。「你怎麼把它放回去了呢！這麼重我怎麼搬得動啊！」

一手一個行李箱的賀濦焱轉過身，給了一個很機車的笑容。「為了不摔壞它，妳自己一定可以搬得更加小心的！」

餘音未落，他冷哼一聲就轉回去，走上三個台階，正準備把行李箱放下開門，門卻從裡頭被推開了。

「好了，我辦好 check-in 手續了。」清秀的女子推開門，對著外頭的人說著。

「嗯。」賀瀟焱只是點個頭，范惜風趕緊把門敞開，讓出一條路，方便他拎著兩人的行李進屋。

而馬路邊的車子後方，小雪正氣急敗壞的把自己的行李搬下車。

「小雪？」惜風好奇的步下僅有三階的樓梯，「妳放著請瀟焱搬就好了啊！」

「他剛搬下來，又扔回去了！」小雪皺著眉噘起嘴，「哼！我自己來！」

「敢嫌東嫌西就自己動手啊！」賀瀟焱悠哉的出現在門邊，「因為我不敢保證不會傷到妳那艘沉船。」

惜風蹙眉回首，「沉船？」

「還是載滿金銀財寶的船，重得要死，裡面可能有金塊。」他挑了眉，往屋裡走去。

惜風輕笑著，看向鼓起兩個腮幫子的小雪，見她吃力的拖著行李走這三階，猜得出來她剛剛一定對賀瀟焱說了什麼。

「嫌他太大力，撞到行李箱了吼？」她輕聲的問。

「他超用力的耶！」小雪沒好氣的抱怨，「自己拿就自己拿，有什麼了不起，哼！」

惜風無奈的搖頭，她知道賀瀟焱是怎麼想的，已經幫忙了還被當成行李員，他那彆扭的個性怎麼可能會愉快啦！

「妳別把他當成普通男生！」惜風嘆口氣。

「他哪一點看起來像是普通男生了！賀大師耶！」這時候小雪就會知道他是賀大師了，但跟小粉行李箱比起來，賀大師的地位似乎還是輸了一截。

「反正別仗勢就對了！」她到門邊，為小雪拉開門。

賀瀰焱正在裡頭跟民宿負責人談話，多半是交代一些住宿公約，還有這間民宿不只他們一行人等等。

惜風走到一旁的沙發上，舒適的坐了下來。

真是想不到，她竟然身在倫敦了！

三月從俄羅斯回來後，她算是安分了好一陣子，已經提出休學的她就在台灣打工打發時間，再不就是各地繞繞走走，主要是走訪宮廟，希望有能人可以幫助她解決身邊「愛人」的問題。

她不承認卻無法拒絕的現任男友，是「死神」。

那是場錯誤的緣分，當年她八歲，跟母親同居的叔叔發瘋失控殺死母親後，也打算將她滅口，情急之下她看見母親屍身旁有人，便出聲求救，誰知道那「人」竟是死神……祂是救了她，但是也為她開啟了地獄。

她變成祂的人、祂的寵物、祂的私有物，那一刻，改變了她的人生。

她因為有死神為伴，所以磁場偏陰，容易吸引魍魎鬼魅，因此祂給了她一雙便利的陰陽眼，好閃避惡質低等鬼的攻擊或纏身，但是可以憑自由意志選擇是否開啟天眼。

然後她十三歲時，祂送了她一份「生日禮物」，一份人人稱羨的能力，只有死神的女人才能擁有——

預知死亡的能力。

她不知道到底是誰會羨慕擁有這種力量？更不知道十三歲的孩子需要這個力量做什麼？但她就被迫看見講台上溫柔笑著的老師變得四分五裂，自左胸到右臂上方被撕開，頭顱壓扁炸裂，眼珠因壓力凸出掉落，右手成了爛泥，看不出原形，雙腿自膝蓋以下分離，膝蓋處成了整齊的平面。

那表示他在二十四小時內會死亡，老師身上會掉出一堆黑色結晶物，在常人眼中是普通碎沙石，在她眼裡卻是「死意」。

被殺的、自殺的、遭挾怨殘殺的、虐殺的、屠殺的，各種死意不盡相同。

當天放學回家時，老師果真發生意外，被砂石車撞上輾過，再捲進後輪裡，身體被撕成兩半，飛出去的下半身被另一輛車壓過膝蓋處，完全符合她看見的死狀。

到底是誰奢望這種力量啊？她其實很想問，但是非必要，她不愛跟死神交談。

不過她很認真的在收集死意，因為在死神的世界中，死意有一定的存在價值，她必須好好收集，就希望能拿到珍奇的死意。

但因為無法承受身邊好友的死訊，因此死神給了她一支眼線筆，只要畫上眼線，就能夠封住預知之眼，她再也看不見任何人的死狀，也就無法預知死期。

這是她無法拒絕的命運，隨著她成長，死神明白的告訴她，這輩子她只能是祂的女人，直到她最美麗的那一刻，祂就會帶走她。

如果今天是個帥哥這樣深情款款的對她說，她說不定還會有點心動。

可是披著斗篷的骷髏頭用冷酷的語氣對她這麼說時，她連笑都笑不出來。

嗯，死神是骷髏頭？祂有各種形象，她見過許許多多的死神，祂們似乎都能幻化、改變外型，她不知道她的死神是哪種模樣，可是只要出現在她面前，永遠都是披著斗篷，偶爾露出骨手，完全是戒靈或是催狂魔那種模樣，很難有想像空間。

再者是祂出現時，四周溫度會驟降，總讓她全身發冷，完全就不是個討喜的傢伙。

不過由於她可能很快就會面臨被帶走的時刻，所以她展開溫柔攻勢，希望能休學，四處遊歷，或是打工消遣，反正她的人生做再多事都已經毫無用處了。

從遇上死神的那瞬間開始，她就注定是個被詛咒的女人。

「謝謝！」身邊傳來笑聲，高挺的男人跟褐髮管理員握手道謝，看來是交代完畢了。

「好棒喔！廚房耶！」老闆前腳才走，小雪後腳就衝向廚房了。「這間民宿還挺不錯的，有這麼大的交誼廳、這麼大的廚房……啊！房間！」

「好吵的人。」賀瀟焱接口接得俐落，「妳從以前就一直這麼吵嗎？」

小雪好無辜的瞪著他，「我哪有。」

「這間民宿不是只有我們入住，還有其他人也住在這裡。」賀瀟焱話說得很輕，「而且都是長期租屋，只有我們是短期的客人。」

「租屋跟民宿設在一起？」惜風挑了眉，這樣不會太複雜嗎？

「嗯，二樓住的都是長期租屋者，一樓才是旅客用的，老闆說本來是規劃成民宿，但是有些人很喜歡這裡，便向他提議想長期租賃，所以就區分開來了。」

小雪站在交誼廳一一細數著房間數，樓下有三間，樓上也有三間，所以……「這裡最少有六個人啊？」

「嗯。」賀瀟焱望著樓下的空房，一間是在左邊角落，另外兩間是以直角狀比鄰。

「挑房間吧！」

「我很識相的，我挑單獨的那一間，你們當鄰居唄！」小雪不以為意，反正賀帥哥跟惜風之間本來就超曖昧的。

「兩個女生住近一點比較方便。」賀濡焱倒是很大方，「角落那間給我好了。」

小雪眨了眨眼，不安的往惜風那兒瞟。

她只是輕笑，幹嘛一副她非得跟賀濡焱睡隔壁似的！真的那麼必要，他們睡一間不就得了？

睡一間……惜風突然怔住了，以前也不是沒有過，但那是總統套房，裡面還有分開的兩個小房間。

一瞬間，腦海裡突然浮現出三個月前在俄羅斯機場的淺淺一吻，惜風登時心跳加快——她怎麼想到那裡去了！

咿……砰！

樓上傳來非常明顯的開門關門聲，他們不約而同的往樓上看去，瞧見在二樓樓梯口右側的門邊，站著一個黑頭髮的女生，怎麼看都像印度人，而轉角隔壁房的房門同時開了個縫，房裡的那個人跟黑髮女生低語幾句後，也跟著走出，是個金髮辣妹。

金髮辣妹朝走廊盡頭吆喝說老闆已經離開了，緊接著第三個房間的住戶也出來了，

很妙的是個亞洲人。

「你們都會講英語嗎？」黑髮女生三步併作兩步的下樓，衝著賀濎焱問。

三人同時點點頭，惜風趕緊站起身，微笑以對。

「嗨，我是阿米莎。」阿米莎率先和惜風握手並自我介紹，「她是海倫娜，蘇格蘭人，後面那個是中國人。」

小雪下意識看向緩緩走下來的中國女孩，身材纖瘦高䠷，丹鳳眼，果然中國味十足，而且一看就知道一定是大陸人。

她沒有打招呼的意思，只是淡淡的望著他們，連名字也沒說。

「我叫賀濎焱，她叫惜風。」賀濎焱簡單的用羅馬拼音介紹，轉頭望向小雪，要她自己說。

「小雪，我叫 Snow。」她咧嘴笑，介紹自己簡單到爆炸的英文名字。

阿米莎很直接的跟他們說明二樓是她們長租客的地盤，不希望他們上樓，然後走到廚房說明使用公約，原則上沒有太多的規矩，就只是東西使用完要洗乾淨、物歸原位而已。

海倫娜跟小雪很快就混熟了，開始聊起天來，海倫娜對三人的組合很好奇，原本還

以為她跟賀瀟焱是兄妹。

「所以，你們誰住那間？」冷不防的，中國女孩開了口，細長的鳳眼往角落的房間一瞟。

嗯？三個人不約而同的互看一眼，他們還沒真正決定好誰住哪間呢！

「我們還沒看過房間，不過應該沒什麼差別吧？」小雪很好奇的望著中國女孩，「那一間特別大嗎？」

「哼！」中國女孩用鼻孔哼了一聲，其他兩個女孩子也和她交換一個眼神，三個人的神情有異，露出一種似笑非笑，又有含意的表情。

賀瀟焱蹙眉，大步繞過沙發，往角落的房間走去，他這突如其來的動作讓三個長租客愣了一下，緊接著急忙往樓梯上奔去！

惜風也注意到了，她擰著眉心看了那三個女生一眼，當賀瀟焱用鑰匙打開門的那一瞬間，三個女生同時摀著嘴發出尖叫。

「哇……」小雪看看十一點鐘方向的賀瀟焱的背影，再看向兩點鐘方向在樓梯上方的三個女生。「不會吧，別鬧了！」

她擱下手中的包包，下意識的緊握住掛在頸間的一條粗紅繩，眼神盯著打開門的賀

灩焱，他定定的站在門口，環顧一圈後，從容關上。

回身，仰頭朝向樓上。「這裡發生過什麼事？」

女孩們交換眼神，不安之情溢於言表。

「有鬼？」惜風問得倒是直接，唯一聽得懂中文的中國女孩倒抽一口氣。

「沒有，挺乾淨的，我也沒有感覺到什麼血腥味殘留，那間房間沒死過人。」他聳肩，不懂這三個長租客為何一臉驚慌。

中國女孩向室友低語數句，然後尷尬的望向樓下的他們。

「是上一個住在那裡的人死了。」她說得非常緩慢，「他不是死在這裡的，可是……」

小雪眨了眨眼，忽然哎喲一聲，無奈的癟了癟嘴，一屁股把自己摔進沙發裡。「我還以為發生多可怕的事咧，又不是死在這裡的！」

連惜風都泛出笑容，賀灩焱與她相視而笑後搖了搖頭，完全就是一副「妳們太誇張嘍」的感覺。

緊接著沒人在意這檔子事，惜風逕自走到廚房去看看，小雪則說想先去挑房間。

「欸，可是晚上我們都會聽見有人在走動耶！」海倫娜急忙的奔下樓。每到晚上都

會聽到那扇房門開開關關的，真的很可怕。

「我們沒人敢出來，因為明明就只有我們三個住在這裡！」阿米莎瑟縮發抖著，「有天晚上我不得已出來上廁所時，真的看到客廳有人影！」

惜風瞥了賀瀰焱一眼，小雪才剛打開那間房間的門，聽到阿米莎這麼說，雞皮疙瘩隨即立正站好，她趕忙小心翼翼的把門關上。

「我住那間。」賀瀰焱立即做了決定，「妳們住轉角相鄰的那兩間。」

「好。」惜風點頭，這樣的確比較方便。

「其實沒死在這裡應該是比較好啦，對方也不會怎樣，最多就是不知道自己身故，還回到這裡來而已。」賀瀰焱轉向三個女孩，從容不迫的說著。「如果晚上他又回來的話，我會試著跟他解釋情況。」

「溫柔的。」惜風拿了個杯子，看見有花草茶可以沖泡。

他瞥了她一眼，幹嘛說得一副他會動手的樣子。

「他是怎麼死的啊？也是長租客嗎？」小雪看完房間後，閒步走來。「惜風，我睡小間的，大間的給妳睡！」

「我沒關係啦，有床能睡就好。」

「不行啦，妳還要給小萌空間。」

三個長租客看著他們過度從容的神情跟談話，彷彿「鬧鬼」的事並沒有帶給他們太大的恐懼？這好奇怪啊，她們三個是嚇得半死，入夜後幾乎足不出戶，跟民宿老闆講沒有用，他說那都只是胡謅，還發火吵過架咧！

「我叫貝蒂。」中國女孩終於說出自己的名字，「你們不覺得發生這樣的事很不舒服嗎？」

「嗯？」賀濡焱挑了挑眉，「還好，難道是妳們說謊要嚇我們？」

「不是不是！」阿米莎忙搖頭，「這是真的……當時事情鬧得很大啊！」

那是個二十三歲的男生，叫賴振傑，一個人到英國自助旅行，到倫敦後在這間民宿落腳，她們三人跟他都很熟，因為他打算在英國自助兩個月，曾跟她們打聽過許多值得去的地方。

中途他去了蘇格蘭、愛爾蘭、愛丁堡……然後打算再回來倫敦。

海倫娜臉色一沉，「但是他去愛丁堡後就失蹤了，沒有再回來……」

「失蹤？」小雪已經拆開洋芋片，完全就像在聽故事那般輕鬆，賀濡焱忍不住睨了她一眼。「可是妳們剛剛說他死了！」

「一開始是失蹤，因為失聯，所以 Peter 的父母開始依照他的行程找人，也打電話到這裡來，海倫娜知道他安排了哪些行程，因為很多地方是我們介紹的。」貝蒂一副泫然欲泣的表情，「後來大家推斷，他可能因為進到山裡迷路走丟了，那邊很容易迷路的……」

「他爸媽飛過來，請求當局幫助，可是……」

「啊！我知道這件事！」小雪忽然大叫一聲，「他爸媽要求台北辦事處幫忙、要求英國警方幫忙，大家搜山、打撈了好久，通通都沒有找到對吧？最後是在山裡找到他的腳，還有已經被野獸啃食的屍體！」

小雪一口氣說完，她的英文真的很流利，但真正令賀濡焱佩服的是——她知道真多時事、八卦以及偶像劇。

三個長租客皺著眉點了點頭。

「發現 Peter 時，他已經死十幾天了，但是那條路警方曾經搜過，所以他父母認為英國警方是草草了事，因為失蹤的是黃種人，所以沒有很認真搜救。」海倫娜接續道，「我不能說這種歧視不存在，但是還是有很認真的人……可是他爸媽一竿子打翻一條船。」

「不只是英國警方，所有人都遭到責難……」阿米莎幽幽的往身邊的海倫娜看去，

她已經掉下了眼淚。「連建議她去愛丁堡的海倫娜，都被認為是殺人兇手。」

「我知道啊，超級扯的，因為他爸媽向英國及台灣都提出了國賠。」小雪連後續報導都知之甚詳，「能告的通通告，因為他們覺得是這些人害死他們兒子的！」

「連海倫娜都一起告了嗎？」惜風端著熱茶走近。

海倫娜咬著唇，點了點頭。

「喪子之痛是很難受，但是用這種方式遷怒真是不可理喻。」賀濰焱頓了一頓卻笑了起來，「不過世界上不可理喻的人太多了，倒也司空見慣。」

「厚，你不知道這事很誇張咧！那個男生會失蹤，是因為他沒帶裝備！乾糧什麼的都沒準備，就好像我們要去逛街一樣，只帶了點隨身物品就出門了！」

咦？惜風瞪大了雙眼，立刻看向海倫娜。「那是座普通的山嗎？可是妳剛剛說容易迷路？」

「再怎樣都是山，山形錯綜複雜，當地人都不一定走得出來，至少得帶帳篷跟一些食物。」

「那他可能是意外迷路，只是想去看看，越走越深最後卻走不出來了。」賀濰焱嘆口氣，實在太莽撞了。

「才不！他是去登山的！」小雪圓了眼噘起嘴，「民宿老闆有說，他揹著簡單的背包，說要去爬、山！」

嘖！賀濔焱忍不住認真的看向小雪。「妳怎麼知道這麼多事啊？」

「我看報紙的啊！」

「這是國外的新聞耶！妳連CNN都看？」

「對啊！」小雪一臉理所當然，「我每天看四家報紙，還有所有網路新聞……電視就看CNN。」

賀濔焱立刻往右看向惜風，她也一臉吃驚。難不成小雪是深藏不露的天才？他們怎麼都不知道她這麼厲害！

「這件事鬧很大，他父母也怪政府沒動作，沒對英國警方施壓，你們都沒在看新聞的喔？」

「最近這麼流行國賠，我怎麼可能記得住？」賀濔焱聳了聳肩，連他幫忙斬妖除魔受的傷，都考慮過是不是也可以申請看看？

「這是多久前的事了？」惜風啜飲一口花草茶，問得雲淡風輕。

「半年……七個月左右了。」小雪時間說得精準，連三個長租客都很訝異的望著她。

「事情還沒結束啊？」

「還沒！而且最近又——」海倫娜突然激動的直起身子，互絞的雙手都發紅了。最近？惜風望著賀瀮焱，低聲問鬼魂徘徊這麼久正常嗎？也問了小雪遺體是怎麼處理的？小雪說早就運回台灣，都半年多了，早下葬了！

遺體回國，可是靈魂沒有離開嗎？

「最近有發生什麼事嗎？」賀瀮焱望著三個臉色趨向蒼白的女學生，她們的表情並不是僅僅怕鬼而已。

「Jack the Ripper 出現了。」阿米莎聲如蚊蚋，恐懼全藏在裡頭。

小雪立即驚訝的瞪大雙眼，望向惜風跟賀瀮焱的眼神是全然的不可思議。

「我英文沒強到那個地步，Jack the Ripper 是什麼？」惜風問著她，誰叫小雪臉色也不好看了！

「啊，是倫敦最有名的……開膛手傑克！」

啊啊，Jack the Ripper！講中文他們就懂了！

不對！那是十九世紀末一個赫赫有名的連環殺手，一連殺害六名妓女，將她們開腸剖肚，取走身上的器官，甚至寄了挑戰信給警局，至今依然找不出兇手，是為懸案。

「現在有開膛手傑克？」惜風狐疑的是這個。

只見海倫娜冷不防的哭了起來，憂心忡忡的貝蒂旋身到報架上抽出報紙，火速的攤在桌上給他們看；想當然耳，由小雪負責翻譯，這密密麻麻的英文字，賀濚焱看了就頭疼。

小雪光看見標題就有點錯愕，緊接著湊近一瞧，那閱讀速度之快，讓惜風有點瞠目結舌。她知道小雪也是法律系的，當然得分數高才考得上，但是她怎麼突然有種小雪其實深藏不露的錯覺啊？

「四天前發生的命案，女學生被發現死在巷中，肚子被剖開，腸子擱於右肩上，喉嚨被劃開……一共九刀……」小雪不疾不徐的唸著，眉心也跟著越皺越緊。「子宮被取走。」

惜風看著已經哭到泣不成聲的海倫娜，實在不得其解。「死者是妳們的誰？或是——」

「是 Peter 的朋友……」海倫娜吸了吸鼻子，從口袋裡拿出一團揉爛的紙，她顫抖著手連打都打不開。

那是一封信，連同信封都被揉爛了，看得出來信被抽出來看過很多次，也被揉搓過

很多次，卻不敢丟掉。

賀濡焱主動拿過信封，攤平後拿出來，很簡單的電腦打字，附了一張算是清晰的照片。

是一張血淋淋的屍體照，一個女孩躺在地上，腸子被拉出，安穩的放在右肩上頭，頸部一片血紅，也看不出來到底割了幾刀，而女孩雙目瞠圓死不瞑目。

上頭寫著：妳將會跟她一樣。

賀濡焱拿著那封信翻轉著，闔上眼像是在感應什麼，惜風則緩步走到海倫娜身邊，脫掉拖鞋，用赤裸的腳底感受是否有細小的沙石，如果有，那就是死意，也代表海倫娜二十四小時之內會死亡。

過了一會兒，他們隔著哭泣的海倫娜對望，同時間搖了搖頭。

「這是威脅信吧？妳沒交給警方？」小雪一把抽過那張信紙，哎喲兩聲又扔回桌上。

海倫娜使勁的搖了搖頭，「我不敢……我很害怕警方大動作的搜查會惹惱開膛手傑克！」

「現在交給警方的話，上頭都是一堆人的指紋了，一定會讓調查混亂的！」小雪嘟起嘴，「要是找律師啊，我們覺得這種當事人最麻煩了，對吧？」

她衝著惜風問，惜風聳了聳肩。「我休學了喔！」

「這個死者妳們也認識？」賀濡焱指著信上的屍體問。

「認識……Peter 有帶她回來過，是在路上遇到的人，住在附近，所以我們就成了朋友。」阿米莎安撫著海倫娜，哽咽的說。「我們覺得，開膛手傑克是 Peter！」

賀濡焱眉一挑，「何以見得？」

「這個！」貝蒂趕緊把信紙拿過來，指著信紙的最下端。「這是 Peter 習慣的簽名縮寫！」

P★L。

「就憑這樣？這是電腦打字，又不是他親筆簽名！」小雪不愧是律師，實事求是。

「而且有很多名字的縮寫也是 PL 啊，像 Paul Lawrence……」

「但是不會有人在中間打星號啊！」海倫娜幾近崩潰的喊了出來。

星號？這讓賀濡焱三個人又仔細端詳了一遍，兩個字母中的小點的確是星號，小雪摸摸鼻子沒說話，因為這的確不同於一般人。

惜風認真的望向賀濡焱，她知道剛剛他感應過信紙。

「沒有。」他堅持他的答案。

那封信上沒有鬼魅的痕跡，也沒有沾染邪氣。

惜風這邊也沒有感受到死意，什麼都不是很明白的小雪只知道，如果她是鬼，她會直接動手，還特地打字、列印出來做什麼啦！太多此一舉了。

「很謝謝各位跟我們分享前房客的訊息，不過我想應該不會影響我們。」一分鐘後，賀瀰焱站起身，提起客廳的行李。

「妳還是報警比較好。」小雪很認真勸海倫娜，這種事悶著不說也不是辦法。

惜風默默的跟在賀瀰焱身後，他正要為她提行李進房間，小雪則拖著自己的小粉紅指著右邊，讓惜風住那間。

交誼廳傳來低低的啜泣聲，她們也不知道跟不認識的旅客說這些做什麼，一開始只是純粹想警告他們可能鬧鬼，可是說到後來，又扯出了最心驚膽顫的事情——開膛手傑克。

賀瀰焱前腳才剛進入房間，惜風後腳就把門關上。

「怨氣。」他立刻吐實，「信上有龐大的怨念，分不清是人是鬼，但是怨氣非常重！」

「我這邊什麼都沒感應到，沒有死意，我也不想去看死相。」惜風深吸了一口氣，「我只想知道這件事會和我們扯上關係嗎？」

「只要不要太晚出去，就沒有關係。」賀瀟焱覺得這就是變態殺人案。

「這應該很小雪說，她很想去酒吧。」惜風有點無奈。

「她應該沒關係吧？她都快神鬼無敵了！」賀瀟焱笑了起來。

「兇手是人不就沒戲唱了！」她搖了搖頭，再度開了門。「我去說。」

賀瀟焱拎起自己的行李，率先離開她的房間，直直的往正對面的「特殊房間」而去。

「啊，對了。」身後的惜風忽然出聲。

他回首。

「我很高興又能見到你。」她微微笑著，不想說其實很想念他。

整整三個月沒有碰面，她拚了命的壓抑，不讓死神發現。

賀瀟焱泛起微笑，只是輕輕頷個首，表示他知道了。

旋過腳跟，他從容的進入那其實很乾淨的房裡。

他忍不住哼起歌來，開膛手傑克？絕對是個讓他很感興趣的傢伙。

第二章 追逐

抵達倫敦的第一天晚上，大家在民宿裡用餐，因為看了新聞後，惜風等三人知道了事態的嚴重性，英國媒體也希望大家不要貿然在夜晚單獨出去，在兇手落網前，人人自危。

惜風站在窗邊看向外頭，八點鐘天色還亮著，卻已經開始起霧，霧氣讓一切變得模糊，也增添了危機感。

這趟英國行，不是誰決定的，而是葛宇雪一手促成的。

小雪順利畢業，工作也有了著落，因此她拿著機加酒的免費券，開心的跑來找伴，說無論如何都要在陷入工作地獄前，去英國玩一趟！

死神當然認識小雪，對於她可以無視周遭環境的冰冷、對詭異氣氛也絲毫不放在眼裡感到佩服；事實上惜風說過好幾次，不許直接到宿舍找她，但小雪從沒聽進去過。

小雪興高采烈的說這是她姊姊給她的免費券，一定要去！

而惜風其實正在打工，死神雖然會給她用不盡的錢，但是她喜歡打工的感覺，因為那代表她會動，還活著。

死神從俄羅斯之行後就開始反對她出國，肇因於俄羅斯死神的避重就輕，放任她面臨危險而不出手相救，這讓死神非常介意，認為每個同事都這樣搞，她要是再出事的話

怎麼辦？

事實上俄羅斯死神幫助他們非常多，只是她身邊的祂不知情罷了。

光是一隻俄羅斯藍貓，就夠死神受的了。

「好啦，有人可以跟我詳細解釋有必要這麼趕的出國嗎？」賀瀰焱端上熱湯，小雪打趣般的望著穿著圍裙的他，超想拍照。「把相機放下來。」

「沒有很趕吧！」她轉轉眼珠。

「一星期後就要出發叫沒有很趕？」賀瀰焱皺起眉，卸下了圍裙。

「旅遊券的使用期很短嘛，當然要把握時間啊！」小雪非常認真，「我姊臨時給我的，英國機加酒免費！」

正要盛湯的賀瀰焱突然愣了一下，止住了動作。

惜風狐疑的瞥了他一眼，趕緊站起身，接過他手裡的湯杓。「你怎麼了？」

「妳姊姊給的？」他倒抽了一口氣，看向惜風。「妳只跟我說有旅遊券！」

當然，錢的多寡對他而言絕對不是問題，重點是惜風打給他，說有三個名額可以免費去英國，問他要不要一起去。

死神會讓賀瀰焱去，是因為游智堤說無法抽身，小雪提出旅行中有男伴比較方便安

心，但死神怎可能輕易答應？狀況僵持了一星期後，藍貓指定要賀灝焱一道前往，差點沒跟死神打起來。

祂忿而離去，兩天後再度現身時終於首肯，想也知道，祂一定又先跟英國這兒的死神打招呼了！

「誰給的有差嗎？」惜風不解，為小雪盛好一碗湯麵。

「當然有！妳知道她姊姊是誰嗎？」賀灝焱義正詞嚴的說著，「我聽說只要是她姊姊給的免費旅遊券，十之八九都有問題！」

「喂！你幹嘛這樣說我姊！」小雪鼓起兩個腮幫子，「我姊是有門路耶！」

惜風默默的也為賀灝焱盛好一碗，她聽不太懂其中的因果，不過——賀灝焱認識小雪的姊姊？

「是啊，上一次提供給朋友的免費旅遊券，是為了要去拍鬼。」賀灝焱說得直截了當。

「咦？你怎麼知道！」小雪一臉驚奇，這連她都不知道耶！

「因為我朋友剛好是妳姊的朋友。」他都不知道為什麼連他都會被扯進來，這種緣分太糟糕了！

「噯呀，姊好強喔！」小雪還哎哎的讚嘆起姊姊來了，「對啊，她曾經在靈異雜誌社上班，為了確定一些小道消息……」

惜風聞言忍不住皺起了眉，敢情賀濡焱說的是真的？

「不過是小萌讓我們來的。」她突然想到關鍵人物，「牠要我來英國，要不然死神不會答應讓我再出國的。」

「小萌？」提到這號「人物」，賀濡焱便不再多話，如果是牠要惜風來的，就一定有牠的目的。「那傢伙呢？」

「去向當地的死神打招呼，好像還有一場歡迎會。」

「還有歡迎派對？不過就是隻貓，怎麼過得這麼威啊？」賀濡焱眉頭都糾在一起了。沒錯，由俄羅斯死神饋贈的禮物，就是一隻俄羅斯藍貓，牠成為惜風唯一豢養並一定會活下來的寵物，因為那是死神的貓。

惜風替牠取名為小萌，牠倒是沒什麼意見。

溝通非常容易，小萌想要說的話會直接藉由腦波傳遞，像是心電感應一樣讓惜風了解。

但是寵物會說話，對主人來說絕對不是一件好事，這點惜風算是「深受其害」。

「是喔！妳沒跟我說是小萌同意的耶！」小雪還哇了一聲，「我想說這次死神怎麼這麼容易就放人了？」

「妳還說！下次不許直接殺到我宿舍來，那天祂在妳知道嗎？」提到這點，惜風就會微慍。

「咦？真的嗎？」小雪一臉吃驚，「我不知道耶，我想說看不到應該沒差吧！」

嘖嘖，賀濴焱無力的搖了搖頭。「死神在的時候，周遭應該會變得很冷，氣溫低到如同置身在雪地一般……妳去找惜風時，是六月底耶。」

只見小雪皺眉，歪著頭思索了幾秒，緊接著倏地吸了一大口湯麵，認真的嚼呀嚼的，眼珠子轉了轉，最後聳了聳肩。

「我只以為惜風把冷氣開得很強。」她含糊不清的說著。

賀濴焱有種快被打敗的挫折感，惜風很想說她房間並沒有裝冷氣，不過她選擇開始吃麵，沒想到賀濴焱也會下廚，她好想趕快品嚐看看。

三個人開始用餐，長租客稍早就先吃過了，事實上因為他們也不知道到英國來要幹嘛，所以先休息一天，等小萌回來再說。

反正出國還是悠閒點好，加上現在倫敦市區有殺人狂，惜風可不想出去多惹事端，

雖然她死不了，但是也不想知道哪些人會慘死。

「你房間真的沒什麼事嗎？」惜風不放心的又問了一次。

「沒有。」賀瀮焱斬釘截鐵的回道。

賀瀮焱年方二十四、五，但不是普通上班族，家裡開宮廟，是赫赫有名的「萬應宮」宮主，平日工作就是幫人趨吉避凶、斬妖除魔，不過得看他心情好不好；靈力上乘，善於使火驅水，除了基本的符咒與退魔外，最厲害的大絕招是使用地獄業火。

業火足以燒盡任何妖魔鬼怪，但遺憾的是——他的力量是土地給的，離開了台灣，要向地獄借業火就不是那麼容易了。

人不親土親，土要是不親，很多事都會不好辦。

所以對於妖鬼之事他算知之甚詳，應該說中國鬼他比較熟悉，西洋鬼就很難說了！不過他近幾年非常認真的拓展國際觀，常到國外跟巫師及驅魔師交流，對各國的鬼也有大概的了解。

三月的俄羅斯之旅，也是多虧了朋友贈予東正教的聖鍊，才能抵擋怨鬼。

儘管這裡似乎發生過什麼事，但又沒有直接關聯，他也感應不到什麼，整間屋子應該還算乾淨。

「乾淨的啊……」對面傳來很失望的聲音，小雪撥著她頸間的紅色粗繩，他們都知道，那繩子底下繫了一大堆平安符、護身符、瑞士刀、符咒還有打火機……真不知道她頸子怎麼這麼有力，可以撐住一大串東西！

「妳好像很失望喔？」惜風忍不住白了她一眼，「我還滿希望是單純來玩的，妳不是嗎？」

「我是啊！我超想好好玩的！泰晤士河、倫敦鐵塔、大英博物館，還有大笨鐘……但、是──」她呵呵的笑了起來，「總是要有刺激一點的嘛！」

「妳自己去刺激啊！」賀濡焱說得一派輕鬆，「吃飽後到外面逛逛，說不定會遇到好事！」

「喂！你們兩個！」惜風開口制止，開玩笑也得有個限度。「開膛手傑克一點都不有趣！」

「兇手一直沒抓到倒不是奇怪的事，那時候的鑑識科技又不強！」小雪依然一臉期待，「我好奇的是，這麼喜歡炫耀的兇手，為什麼殺了六個人之後就停手了？」

於一八八八年的八月七號開始，到十一月九日為止，開膛手傑克一共殘殺了六名妓女，期間甚至寫信向警方挑釁，認為警方抓不到他，事實便是如此；可是十一月九號後，

卻從此銷聲匿跡。

「說不定出了意外。」賀瀮焱對這話題不是很感興趣。

惜風思索了數秒，咬了咬唇。「或許目的達成了。」

「目的？」賀瀮焱皺起眉，「妳知道開膛手傑克的目的？」

「我只是猜！照理說他殺了六個人，應該是個得意的變態殺手，為什麼就這樣停止了？強尼．戴普演過這部電影，裡頭的開膛手傑克就是有目的而為，那六名妓女懷抱著秘密，所以才被殺的！」

「咦，說不定喔！開膛手傑克原本就是想殺這六名妓女，目的達成了也就不需要再濫殺無辜了！」小雪贊同惜風的說法，愉悅的大口喝著湯。

賀瀮焱一點都沒有很愉快的感覺，他想到的是——那現今這個模仿者呢？

為什麼有人要模仿赫赫有名的開膛手傑克？要如此殘忍的殺戮？而他打算殺一個？兩個？還是更多個？

「啊——」

一陣尖叫劃開濃霧，嚇得餐桌上的人驚跳起身，小雪整個人都彈了起來，因為她正對著大門，大扇玻璃窗外一片霧濛濛，只聽得見尖叫聲，卻看不見人……廢話，他們要

先下三層台階才會到馬路，怎麼看得見！

在尖叫聲後的是慌亂的足音，從巷子口經過，高跟鞋在外頭的柏油路上奔跑著，噠噠噠噠……唰！

惜風顫了一下身子，剛剛最後那個聲音是什麼？

「妳聽見什麼了嗎？」賀濎焱果然注意到她的異狀，立即往沙發後的玻璃窗走去。

他貼靠著牆壁，伸手掀開窗簾往外瞧，雖然白濛一片，但是惜風知道他在看肉眼瞧不見的東西！

惜風深吸了一口氣，緊閉雙眼再睜開，這一次睜開，把天眼一併開了，如果外頭真的是厲鬼遊走，至少也要看清楚到底是誰！

所以她走到廚房，望著外頭，女孩的聲音似乎消失了，連足音也不復在，那女孩沒有彎進這裡啊！

「會不會只是在鬧著玩的？」小雪不安的問著，因為只有一聲尖叫，不能代表什麼。

「我什麼也沒看見……」賀濎焱擰著眉，霧是很濃，但明亮的路燈偶爾還是能照出影子，馬路上現在一個人影都沒有。

惜風鬆了口氣，回身看向小雪，她說的或許沒錯，都是因為他們剛剛在討論開膛手

傑克的事，才會如驚弓之鳥般緊張。

砰磅！

忽然一聲巨響，來自惜風身後的玻璃窗，玻璃窗被猛烈撞擊後，發出回音般的劇烈震動，兩個女生登時失聲尖叫。

惜風嚇得踉蹌幾步，她慌張的轉過身去，赫見一張比她更驚恐蒼白的臉貼在玻璃窗上。

女孩披頭散髮的巴著玻璃窗，她的雙掌貼著玻璃，佈滿血絲的雙眼瞠瞪著，彷彿要掉出來了，張大了嘴尖喊著，惜風順著往下看，看見的是她頸間那一刀又一刀的裂口。

簡直就像是拿刀在頸部亂劃亂切，脖頸上的皮膚已經被割爛，全身都是乾涸的血跡，右肩上披著的腸子也緊緊黏著玻璃，血印層層，肚皮的空洞說明了一切，惜風想起稍早看見的威脅信，女孩穿著與彩色照片上一模一樣的衣服！

眼前這雙掌都是血的女孩，不是人！

一股力量扳過她的肩頭，賀瀮焱一步上前，隨手一個結印就往玻璃窗使勁打去，女孩瞬間被彈飛。

「什麼東西？」小雪慌亂的跑了過來，「我沒看見什麼，但是玻璃發出好大的撞擊

聲！」

「我真慶幸妳還沒看見什麼。」至少現在還只是敏感之人瞧得見的情況，等小雪這種普通人都能瞧見的話，就表示成了惡鬼空間。

樓上陸續傳來開門聲，長租客也聽見聲音了，她們狐疑的往下望，不明白樓下的騷動所為何來。

這時霧裡出現一抹影子，直直的又朝玻璃窗衝了過來！

砰磅！女鬼像是撞上玻璃窗一般，腸子跟肚裡的東西瞬間翻滾而出，賀瀮焱吃驚的望著這傢伙，都被擊退了還敢再回來？

女鬼拚命的拍打玻璃窗，接著指著身後的方向，惜風順著看去，是巷子口那邊，女鬼一邊拍，一邊指，驚慌莫名。

「妳已經死了，不必再懼怕任何東西了。」賀瀮焱用簡單的英語解釋著。

「是怎樣啦！」小雪看著玻璃窗不停的晃動，整個人都毛了起來。

別說她了，三個站在二樓走廊上的女生都在發抖，無緣無故的，為什麼客廳對外的玻璃窗會震動成那樣？

「開膛手傑克殺的那個女孩站在外面拍窗子，好像在求救！」惜風迅速的解說，「一

臉驚慌，我不知道她是在怕什麼……」

「救、救命——」

驀地一道淒厲的求救聲傳來，那不是鬧著玩的叫聲，而是真正的驚恐！

就來自女鬼指的那個方向！

所有人都聽見了，長租客下意識的相擁顫抖，足音來到民宿所在的這條巷子，甚至往前奔去，而另一組沉重的足音在路上疾速往前，轉眼間就掠過民宿面前！

「呀——」女孩的聲音轉了彎，這裡的確有許多錯綜複雜的巷子。

『HELP！』女鬼慌亂的用嘴型說著，紅色的血淚不停流淌下來，她的視線改成往右看去，手不停的拍著，另一手指著……

她……是在為下一個女孩求救嗎？

惜風緩緩望向身邊的男人，她不覺得現在出去是正確的，也不能知道這個女鬼的真正用意，畢竟連妖精都會假裝一副古道熱腸的模樣來騙她了，她沒有辦法信任這個血淋淋的女鬼。

賀濡焱絕對是站在反對立場，他想逮住這女鬼，問她為什麼這麼一條街，偏偏選擇敲響這裡的玻璃窗！

但就在所有人都還呆愣在原地之際，後頭猛然一陣開門聲，某個人跟風一樣的衝了出去。

「咦？」惜風錯愕的回身，「小雪！」

葛宇雪拿著一把長長的自動傘，直接追了出去！

「她幹嘛！」賀瀮焱氣急敗壞，連忙拉住也要跟著往外跑的惜風。「妳留在這裡，召喚小萌！」

他拿過隨身的小包包，順手一斜揹，跟著追了出去。

他早打聽過小雪姊姊的個性了，但這兩姊妹也太像了吧，一個是正義大姊大，一個是只知道一股腦兒的往前衝！

見義勇為雖然是好事，但總得看狀況吧！

「乾媽！引路！」一到霧裡，他整個頓時充滿警戒。

身上彈出一抹紅影，緊接著是更多的白色鬼影，他們幾乎融在濃霧裡，卻重重疊疊的圍出一道鬼牆，護著賀瀮焱往前走。

鮮紅的身影在霧裡更顯清晰，賀瀮焱可以看見那紅影四處尋找彈跳，似乎也在尋找方向。

小雪原本以為自己能跟上那沉重帶著鐵片的足音，但是卻發現什麼都沒有，她聽不見奔跑音、聽不見靴子聲，連女孩的尖叫聲都不見了！

她雙手緊緊握著雨傘，盡量讓自己站在馬路中間，這樣不管誰從哪個方向過來，她都有應變的能力。太誇張了，如果真的是開膛手傑克，一個女孩子尖聲求救，整條街竟然沒有一個人出來幫助她？

就算不是開膛手傑克，如果是強暴犯、變態跟蹤狂怎麼辦？想著如果今天換作是她被跟蹤、追殺，一路恐懼尖叫，卻沒有人伸出援手，她就覺得好可怕！

可是現在……她只聽見自己的喘息聲。

人呢？她站在某條巷口看著，巷道窄小黑暗，濃霧又使人什麼都看不清，就算她神經再怎麼大條，也知道此時貿然走進去是愚蠢的。

只要出點聲音就好，至少讓她知道方位……啊！小雪勾起一抹笑，拿出口袋裡的手機，開始尋找檔案。

她今天離開機場時，有拍攝倫敦的繽紛警車，同時當然也錄下了警笛聲。

找到檔案，將聲音調到最大，接著按下播放鍵——

警車鳴笛聲果然立刻響起，緊接著就傳來紙袋的窸窣聲，跟金屬的聲音！

在後頭的巷子裡！小雪拔腿往回跑到聲音來源的巷子口，二話不說躲到一旁的牆後，高舉著手上的雨傘，打算當那混帳走出來時，給他狠狠一擊！

沉重的足音喀嗒，沒有一絲慌亂，小雪屏氣凝神的高舉著雨傘，聽著足音漸遠……聲音竟往巷子的另一頭去了！

她瞪圓了眼，對方要逃走了！

但是危機天線告訴她不能追，她可以守株待兔，但是不能冒險去追一個持有兇器的兇殘者！

遠遠傳來真正的警笛聲，等警車抵達時，兇手早就逃之夭夭了！

小雪有點緊張，她陷入掙扎，因為一點都不想縱虎歸山，可是暗巷加濃霧，她根本追不上——唰——有陣風從巷子裡颳了出來，小雪驚愕的發現路燈被遮去光亮，一個龐然大物忽而現身，她仰頭一瞧，看見的是一個巨大的人影！

那人影彷彿披著黑色風衣或是斗篷，有兩公尺高，是個人形，但倏地轉過頭來，低首看向小雪時，她卻什麼也見不著。

下意識的將自動傘揮了過去，卻從對方的身體中間穿過！

不是人？小雪立刻明白她此時面對的是什麼！

她即刻扔下雨傘，那黑影疾速的衝向她，小雪伸手一抓就抽出頸間紅繩，下頭果然掛著一大串東西，黑影伸出枯瘦的手伸向小雪的頸子，瞬間卻像被那串護身符燙著似的，向後縮了一下。

小雪僵硬著身子急速後退，希望看清楚來者到底是什麼東西！

對方彷彿飄浮著的趨前，小雪退到最近的一盞路燈下，已經取下紅繩上的一個平安符，緊緊握在手中，默唸著萬應宮廟教過的基本咒語。

反正心誠則靈啦！

她仰首準備把平安符扔過去，卻傻了。

那黑影清清楚楚的映入眼簾，那是個面黑肌瘦的人臉，左臉頰已被啃噬殆盡，但是他展開的雙臂下，是更多的死靈人頭！他們層層疊疊的擠在一起，每一張臉都腐爛乾癟得駭人，交錯著、蠕動著，哀鳴著……

並不是只有頭顱，這萬頭攢動是因為這不僅僅是一隻死靈，而是眾多死靈的結合體！

「媽呀！」小雪忍不住叫了出來，這未免太噁心了吧！

緊接著她立刻扔出手裡的平安符，符未到，那龐大黑影瞬間四散，眾鬼們分開逃竄，

卻冷不防的直接繞到小雪身後，伸長了手就往她肩上一扣！

「滾開！」一條繩索拋了過來，往小雪肩後而去，她下意識的側首彎腰，耳邊只聽得見叮叮噹噹的聲響，盡可能不站起來妨礙到賀瀛焱的動作。

賀瀛焱忍不住皺眉，剛剛啥都沒有，現在一口氣就出現這麼多？如果小雪抬頭向上看，會發現他們頭上的天空已經被這密密麻麻的死靈遮擋住。

這些死靈年代已久，不會受到軀體死亡的限制，活動力十足，都已經是靈體狀態的自由奔走，現下盤旋在賀瀛焱頂上，下一秒冷不防的自四面八方急攻而至！

賀瀛焱才準備要全數擋下，卻聽見後頭傳來奔跑聲——不會吧，一個葛宇雪已經夠麻煩了，惜風出來湊什麼熱鬧！

『喵！』一隻優雅的貓自上方躍下，硬生生穿過了那一大群死靈。

閃爍著銀光的貓輕巧著地，而那群被衝破的死靈簡直是驚慌失措，火速組成一個人形，步步驚退，貓兒往前兩步，瞳仁瞇起兩道劍形，連叫都還沒叫，那群鬼影便嚇得逃之夭夭！

「你來得也太慢了吧？」賀瀛焱收起原本攤放在手掌上的鏡子。

『喵過分，我正在 PARTY！』優雅的俄羅斯藍貓此時似乎不是很高興，牠斜睨了小雪一眼，再往前方巷子看去。『喵死人。』

「先走吧！」賀瀮焱上前把蹲在路燈旁的小雪給拉起來，「警察來了就走不了了！」

他拉著小雪往回跑，惜風則蹲在地上伸出了手，藍貓乖巧的走向她，任她抱起，他們火速的往民宿的方向奔去，沒有人想再當一次兇殺案目擊者，做冗長的筆錄。

嗟。

更何況，他們什麼也沒看見，只看到了一堆古老腐朽的傢伙！

緊抱著貓的惜風倏地回首，她離那血腥巷道隔了十步之遙，卻看見了一道人影匆促的自巷子中跑了出來！

「那——」她想出聲。

『喵閉嘴。』藍貓的肉球小掌往她的嘴擊了一下。

惜風愕然的望著牠，牠倨傲的神情像是在問她：有什麼意見嗎？

咬了咬唇，惜風跟上賀瀮焱的步伐，回到民宿裡。

門關上的那一剎那，警車轉進了巷子裡，減慢速度，開始小心翼翼的搜索報案地點附近。

十分鐘後，那巷道圍起了封鎖線。

惜風蓋緊了透明盒子，她剛剛還是撿拾了驚恐的死意。

第三章

招魂

太陽升起，濃霧漸散，但是民宿外的街道熱鬧得很，大批警察、記者跟圍觀群眾聚集在一起，網路新聞跟電視都不停播放著昨夜發生的命案。

「二十一世紀開膛手傑克。」小雪托著腮喃喃唸著，「沒有人覺得這稱號太長嗎？」

「我想他們關切的不是這個。」惜風淡然一笑，身邊蜷縮著銀光閃閃的俄羅斯藍貓。

現在是早上十點，惜風他們已經坐在交誼廳的沙發上，看著新聞報導，昨晚警方也來問過是否聽見什麼，由小雪負責回答，她全部都照實說——扣掉跑出去那段。

至於三個長租客非常配合的只說聽見尖叫聲，但是她們誰也沒出來觀望。

雖然在警察來之前，阿米莎很堅持的說應該要幫助警方才是，因為早一點破案，倫敦市民就能早一點過安定的日子，不過當賀濎焱簡單的提醒幾句話後，就沒有人敢再發聲了。

關鍵字是：鬼、開膛手傑克跟追殺，小雪說那簡直是威脅。

賀濎焱全盤否認，他很好心的想幫助無依的長租客們解決恐懼，這應該算是做好事，只是建議她們三緘其口，以免惹禍上身。

昨夜那個死者的死狀還是依循開膛手傑克的模式，這一次是私處整個被切除挖走，腸子照舊擱在右肩，只是死者的喉嚨只被切開一刀，但就準確的割斷頸動脈、氣管及聲

帶。

如同十九世紀的開膛手傑克一樣，警方已經斷定兇器是手術刀。

「鬼殺人這麼費事嗎？」小雪看著報導就覺得奇怪。

「不是鬼，我不知道昨晚出現在巷子裡的鬼是什麼，但是還有另一個人在。」惜風這才幽幽道出，「昨天我們要回來時，有另一個人從巷子裡跑走。」

「咦？」賀瀞焱顯得有點吃驚，「兇手還在？」

這太危險了，他們都把注意力放在鬼身上，竟然忘記「人」！要是對方有意，說不定連他都能傷害。

「但是那團鬼是什麼？」惜風轉頭問向沙發上的藍貓，昨天打擾小萌的派對，跟她嘔了一晚上的氣。

「喵～」長長的尾巴掃向她的手，好像還在不高興似的。

緊接著樓上傳來腳步聲，海倫娜帶著黑眼圈步下樓梯，她一臉沒睡好的樣子，明顯是被昨晚的事情嚇得夜不成眠；她不安的望著坐在沙發上的三個人，他們都一派輕鬆的打招呼，看起來昨晚睡得不錯啊！

為什麼咧？經歷那樣的事，那個男生還說有鬼，怎麼能睡得好呢？

沒幾秒鐘，另外兩個人也探出頭來，發現大家都在交誼廳，頓時鬆了一口氣，一起下樓來，然後阿米莎問另外兩個長租客想吃什麼早餐，她們似乎是輪流做飯的。

「早安！」小雪瞇起眼，擺了擺手。

「早……」海倫娜看起來很虛弱，開膛手傑克在附近出沒，她應該是最害怕的吧！

「妳們怎麼都沒睡好啊，黑眼圈好重喔！」小雪關心的問，賀濴焱暗暗咕噥不是每個人神經都跟妳一樣大條。

我哪有！

小雪聽見了，轉過來用嘴型駁斥，她昨天有一度也很害怕，但是開膛手傑克沒在一晚殺過兩個人，何況她是住在民宿裡不是走在街上，幹嘛怕！

對她來說，賀濴焱比較可怕，昨天進房唸了她好久，說她的衝動遲早會害大家出事！

她不是衝動，她想過的，只是想得比較快而已……

看看整條街都沒有人出去救她人，一刀劃上喉嚨哪需要多久時間，她只是想像如果是自己落難，會有多希望有人伸出援手罷了！

雖然，最終還是無法解救那個無辜的女孩。

新聞記者重複介紹慘死的女孩，二十一歲，原本跟朋友在一起，後來說想去找其他

朋友，路程沒多遠，要友人安心，沒想到還是出事了。

「嗚……」莫名其妙的，阿米莎嗚咽一聲哭了出來。

賀濡焱皺眉，這間民宿真的被這三個女人搞得烏煙瘴氣的，從昨天入住後沒一句好消息就算了，動不動就哭。

「她也是我們的朋友……說不定是要來找我們的！」貝蒂也滲出淚水，「那個是幫Peter 計畫行程的女生之一。」

惜風忽而瞪大雙眼，望向賀濡焱——又跟賴振傑有關？

『喵聽著。』身邊的藍貓忽地睜開碧綠雙眼，用尾巴捲著惜風的手。

「Peter 到底認識多少人？」賀濡焱開口問道，「這裡、倫敦……妳們認識的有幾個人？」

「很多個，他打算在這裡待兩個月啊！」貝蒂也一臉憂心忡忡，「我覺得很不對勁，為什麼開膛手傑克連續殺的兩個人都跟 Peter 有關？」

「很多個是幾個，我要明確的數字。」賀濡焱倏地起身。

「我們不知道……帶來我們這裡的就只有三個，可是從他言談中，他認識的似乎不只這些……」海倫娜被賀濡焱嚇到了，眼淚掉得更兇。

「多少人幫他計畫過行程？」惜風留意的是連結點。

「到處都有，Peter只自己安排來倫敦的行程，然後再在當地認識新的朋友，他說要交蘇格蘭、愛丁堡的朋友，由當地人介紹怎麼玩才叫深入！」阿米莎忍不住絞著衣角，「大家一起幫他出主意，告訴他路線……」

惜風撫著藍貓，總覺得心裡很不安。

「事情真的跟Peter有關嗎？」小雪噘著嘴思忖，「他死了卻不能安息？還是——」

「不知道，照理說都入土為安了……」親人也到這裡招魂，不該有什麼差錯啊！賀濡焱雖然很疑惑，但是並沒有特別做些什麼，因為不管是Peter還是開膛手傑克，跟他們都沒有太大關係。

他不會多管閒事的。

「那……」小雪還想提意見，賀濡焱忽地冷眼掃去，嚇得她噤聲。

大眼眨了眨，賀帥哥怎麼突然那麼兇啦！

「少多管閒事，妳愛管，惜風就會放不下妳。」賀濡焱用中文說著，這警告擺明是告訴她，他不想管她死活，但是扯到惜風就是不行。

「喂，我只是好奇——」

「好奇心會殺死一隻貓，沒聽過嗎？」賀濡焱冷冷打斷她的話。

『喵亂講！』藍貓站了起來，用怨懟的眼神望著賀濡焱，無緣無故幹嘛扯到殺貓啦！

貝蒂湊近了沙發，雖然剛剛賀濡焱等人是用中文交談，別人聽不懂，但是她聽得真切啊！

「你們知道是怎麼回事嗎？」她焦急的衝著賀濡焱問，「關於開膛手傑克，還是……」

「不確定，事情要詳查才會知道。」賀濡焱思考了數秒後，決意坐了下來。

「如果真的有關係，你們一定要快點查啊！」貝蒂激動的說著，「你昨晚說過會保護我們的，所以我們才沒跟警方說你們跑出去——」

惜風闔上雙眼，輕嘆一口氣。

「等等，我昨天並不是這樣說的。」賀濡焱立刻伸出食指制止貝蒂說下去，接著指向小雪。「小雪，妳說。」

小雪一臉尷尬，幹嘛把球丟給她啦！

「我們是說，如果妳們跟警方說出我們跑去追開膛手傑克的事，那麼警方一定會問

得鉅細靡遺，到時這裡就會成為媒體焦點，開膛手傑克勢必也會看到。」

小雪還沒說話，惜風就幽幽的出聲了。「妳們如果懼怕疑似開膛手傑克寄來的威脅信，就應該要低調點，這是為了保護妳們自己。」

背對著貝蒂的惜風站了起來，緩緩的轉向她們。「妳們是為了保護自己所以緘默，不是為了我們。」

不要把話說得那麼冠冕堂皇，人都是自私的。

現在想要求救了，就把責任推到別人頭上，好像昨天做的掩護都是為了他們似的。她，還真討厭這樣的行為。

貝蒂臉色鐵青的望著她，緊咬著唇微微顫抖，身後的阿米莎焦急的問她發生什麼事，她哽咽的轉述，小雪覺得頭真疼，什麼都還沒玩到，糾紛跟麻煩倒是先來了一堆。

氣氛頓時變得尷尬僵硬，連她都覺得此地不宜久留，她內心是非常想幫忙的，但是她什麼都不會，更沒有資格要賀帥哥出手，只得摸摸鼻子，祝她們好運。

只是餘音才落，海倫娜跟貝蒂立刻衝過來拜託他幫忙，她們真的嚇到了，很明顯開膛手傑克是有目的而殺，尤其是海倫娜，她不希望成為第三個人。

『喵幫忙。』小萌突然躍上茶几，語出驚人。

惜風愣了一下，賀瀮焱也不禁皺起眉，只有他們兩個能聽見小萌說的話。

「幫忙？」賀瀮焱指著那三個長租客，「她們？」

『喵你以為到英國是來玩的嗎？』小萌懶洋洋的坐在桌上，舔著自己的毛，牠的出現讓長租客都嚇了一跳，因為這裡沒人養貓啊！

他們帶來的？旅人怎麼可能帶寵物！

「所以你才會讓祂答應讓我們出國……」惜風這下總算懂了，但一旁的小雪是有聽沒有懂！

「現在是怎樣？」她一掌拍向茶几，「小萌說什麼為什麼不讓我聽見？」

『喵妳鈍，聽得見才有問題！』藍貓用尾巴掃打了小雪的臉頰一下，驕傲的往前走去。『喵幫忙，從 Peter 開始查起。』

賀瀮焱深吸了一口氣，瞥了小萌一眼，他很不喜歡多管閒事，因為管太多通常都不會有什麼好結果。

「有話不能明說嗎？」他蹲下身子，好聲好氣的問道。

『喵不行。』小萌還真的搖了搖頭，『喵什麼、喵什麼雞什麼露的！喵不能亂說！』

唉……賀濎焱重重重重的嘆了口氣，握成拳的手在桌子上一搥，顯得萬分不情願。

「天機不可洩露，成語學好一點！」

「不想做就不要做，不要勉強。」惜風也彎下身，握住他的手。「我不認為世界上有什麼事是應該的。」

真閃！小雪突然覺得眼睛一陣刺痛，連忙巴庫了兩步。

「跟她有關？」賀濎焱下巴一撇，問著小萌，是否事關惜風？

『喵絕對有！』小萌睜圓一雙眼望著賀濎焱，『喵想知道怎麼對付死神嗎？』

咦！連惜風都倒抽一口氣，賀濎焱下一秒就跳了起來，即刻往自己的房間走去。

「我要招魂，妳們誰也不許離開這間屋子。」他再轉向惜風，「過來幫我！」

惜風點了頭，思緒亂七八糟的。

跟她有關、跟她有關……當初俄羅斯死神說得一點都不假，祂送她小萌，真的是為了幫她脫離死神的掌控？

但為什麼？

不管長租客的喜極而泣，惜風根本不關心她們，小雪聽不見小萌說話也猜到了八九成，看那對閃光的表情，這邊三個長租客是撿到了。

「我想幫忙是沒問題了，至少先釐清事情的前因後果。」小雪咻的站了起來，對著阿米莎綻開笑顏。「那我們想吃印度咖哩，不知道可不可以麻煩一下喔？」

※　※　※

惜風把窗簾拉了下來，門把繫上了紅繩，出去叮嚀小雪她們千萬不能進來時，海倫娜又問了一次，是否有需要交代的事情？

賀濰焱一句話都沒吭，完全沒理她。

接著惜風鎖上門，把賀濰焱給她的符紙好整以暇的貼在門縫上，至此，整間房間只剩下一扇窗戶可以進出而已……她指的是鬼的進出。

賀濰焱在房間的地毯上鋪設了好幾張手繪的紙，拼在一起是個陣法，礙於國外是鋪地毯又不能亂畫，他只好出此下策；所以惜風得幫忙拿東西壓穩紙張，千萬不能讓這些紙飛走。

他還在房裡繫了條紅繩，上頭掛有幾個鈴鐺，以對角線橫亙了整個房間。

「為什麼這麼麻煩？」她好奇的問，以前看他唸咒施法都很簡單。

「因為他死的地方太遠了，我必須引領他回來才行。」賀瀟焱拿紙剪了個人形，擱在陣法正中間。「會有點耗時，但是一定得試著讓他回來！」

「那如果他人在台灣呢？」

「那就太好了！在台灣是過不來的，但如果還在這個國度……這樣的陣法可以引他過來。」他很希望已經完全入土為安了，但是卻有不好的預感。

昨天那團黑影，死靈的集合體，一點都不尋常。

至少超過百年的靈魂，每一個都身有重疾，靈魂只剩下怨氣、疑問、悲傷與忿怒，其他的都沒有殘留。

而且不像是這裡的鬼魂，他們與倫敦的磁場格格不入……問題是，如果不是當地的鬼魂，是如何一大票都集中在此的？跟開膛手傑克有什麼關係？只是剛好出現在被殺少女的身邊嗎？

或者，最糟的情況，就是那一大群傢伙附身在某個人身上，綜合的怨恨操控著心智脆弱的人，進行一場又一場的殺戮。

結果如何，等召喚了就知道。

「我只是不懂，這件事跟妳有什麼關係？」他狀似抱怨，「為什麼小萌不能單純解

決妳跟死神的問題？」

「或許不能明講，對於牠願意提供線索跟幫助，我已經很感謝了。」惜風泛出淡淡的笑容，「你……也願意幫我，我沒有什麼怨言了。」

賀瀮焱工作的手停了下來，抬起頭凝視著她。

他們的距離很近，都站在陣法圖上，惜風毫不迴避，事實上一年前的現在，她過的是槁木死灰的日子，生活在冰冷無意義的世界中，想著自己的死期是何時。

沒有值得快樂與悲傷的事，唯有恐懼與默然。

因緣際會遇上賀瀮焱，這個剛好具有靈力的人，三番兩次救助她，甚至試圖想讓她脫離死神的掌控。

其實就算最後她的命運仍無法改變，她也不會有怨言。

這是她最近的想法，曾經擁有總比從未擁有美好，她不敢奢求太多。

對於離開死神的控制，懷抱著希望，但不會有過度美好的妄想。

因為祂是死神，神與人是不同的，就算祂再陰暗再冰冷，她也只有屈服的份……掌控人之生命易如反掌，她能怎麼掙扎？更不希望因為自己，害了其他人。

她重視著他人。

「我很認真的在想方法，妳放心吧。」賀濡焱勾起一抹笑，「我沒有興趣失敗第二次。」

第二次！惜風暗自抽了口氣，在賀濡焱的心底有個人，一個難以抹滅的痕跡，那是他過去曾經很喜歡很喜歡的女生，卻因為惹上妖魅，選擇與妖魅共存亡——而且是賀濡焱親手召喚地獄業火，燒死了她！

為了斬草除根，與妖孽融合的少女被活活燒死，更因為是業火焚燒，連靈魂都不復在。

在小琉球與賀濡焱第一次照面時，死神就跟她說過，那時祂說：『那是個背負著沉重悲哀的傢伙，一輩子都逃脫不了手刃愛人的情網。』

她記得，祂是冷笑著說的。

似乎有些幸災樂禍，因為死神說祂會有更好的方法，保留那份愛情。

廢話，祂是死神，力量比人類大太多太多了。

「你對我沒有義務，不要把我套在別人的影子上。」惜風鄭重的說著，「這世界上曾有個人願意這樣為我努力，我心滿意足了。」

「說得好像游智堤幫妳妳也 OK 的樣子。」賀濡焱挑了挑眉。

「我不是那個意思！」惜風怔了住，有些慌亂。「我的意思是說……說……」

說什麼說啊！她梗住了話，漲紅臉，發現賀濔焱似笑非笑的神色，就知道自己被耍了啦！

哼！她立刻站起身子，抿著一張嘴往門邊靠。

賀濔焱非常喜歡捉弄她，因為常年被死神壓抑的關係，她總是抑鬱寡歡，也不太有多餘的情緒，畢竟成天對著一個死神，能有什麼快樂的感覺？不跟人親近也是因為只是跟同學吵個架，死神就會將同學毀容或弄到半殘，他如果是范惜風，早就找深山隱居起來了。

從認識她開始，他就很喜歡做一些出人意表的事情，想看她露出不管是吃驚生氣或是微惱的情緒。

他發現，他特別喜歡看她羞赧的樣子。

她自己大概都沒瞧過那模樣，難得紅潤的臉跟對自己生氣的模樣，非常非常的特別。特別到一旦死神知道她因他興起這樣的表情，他百分之百確定自己絕對會立刻死無葬身之地。

真有趣，這種死亡的威脅完完全全激起他的挑戰欲望。

憑什麼神可以這樣擄掠一個普通女孩，控制她的人生！如果世道都可以這樣違逆的話，那他就一年做一次法會，把所有無辜的鬼一起都打進地獄不就好了？為什麼還要按照什麼正常倫道？真是狗屁！

「無論發生什麼事，妳都不能出門。」賀濔焱站直了身子，「把護身符拿好。」

惜風謹慎的點著頭，手裡拿著一面方形的旗子，黃巾布上有密密麻麻的符咒，只要有東西衝過來，她舉起來一擋就行了！

「開始了。」

賀濔焱的聲音沉了幾度，開始低聲唸咒，唸得又快又急，掌心裡早先握著的兩枚十塊錢在虛握的掌內鏗鏘作響，當作響鈴般有節奏的響著。

惜風站在門前慎重的握著那旗，看著作法的賀濔焱，適才打開陰陽眼的她，可以看見從他身上綻放出的冰藍光芒。

跟太陽一樣，是自體內如激烈浪狀緩慢釋出的冰光，她一直以來都沒注意過人類的靈光，竟也可以如此美麗。

看著映在牆上的靈光，惜風突然注意到靈光開始變色，一抹紅色從賀濔焱的體內滲出，然後變成一個形體，竟是女人的背部？一個女人像從水裡冒出一般，髮絲還在飄動！

紅色的身影……她看過，一直都跟在濔焱身邊的靈體！

那女人長得很秀麗，看樣子才二十歲左右，有意無意的瞥了她一眼，然後以完整的靈體在房內飄浮；這紅衣女鬼只是其中之一，後來陸陸續續還有許多靈魂自賀濔焱體內鑽出，飄浮在房間裡！

至此，惜風瞠目結舌，她不知道為什麼有這麼多的鬼寄宿在他體內？在韓國時見過一次，但沒有這麼多啊！

是守護靈？但是依照他的工作與能力，不該會讓鬼寄生啊！

惜風還在思考這個問題，卻突然發現反射著藍色靈光的牆變得黯淡，白牆像是發霉一般，有一大片黑綠色的墨跡開始延展擴散開來，染滿了整面牆，延伸至天花板、地板……

惜風不敢靠牆，她望著那霉跡如觸手般的擴散，不過似乎礙於她手上的東西，到她上方倏然停止，硬生生在她後方的牆面形成一個人形空白。

不必說都知道，有東西來了。

壓在地毯上的陣紙也開始變化，賀濔焱原本用藍筆繪製的圖上開始出現深粗黑線，有一條黑線順著他的筆跡描繪出一條又黑又粗的軌跡，曲曲折折，從最外圍開始往裡頭

走。

「回家吧，Come home……」賀瀞焱中英文交雜，第一次覺得施法招魂真辛苦，竟然也需要多種語言？

繫在半空中的紅線也開始變黑，一層接著一層，惜風看見呈現兩條蛇狀的黑霧影迅速交錯，纏住那條紅線，一直到將紅線全部染黑為止！

最終，所有的黑影聚集到正中間的白色紙人上頭！

窗外也暗了下來！

『注意！』紅色靈體忽地大喝，賀瀞焱跟著跳開雙眼，一股強大的力量自外衝了進來，惜風握緊旗子，嚴陣以待！

玻璃窗應聲而碎，賀瀞焱一個側彎身閃過，直接俐落的翻到一旁的桌子上，這房間唯一的出入口是一扇只有二十公分見方的窗戶，而今，至少有五顆頭在拚命鑽著那個洞。

不，不止五顆。

望著窗外黑壓壓的一片，看著那嘶吼尖叫的靈體們，太眼熟了！賀瀞焱搖了搖頭，那枯瘦腐爛的模樣，那超過百年的靈魂，那硬匯集成一個人體的樣子，十二個小時前才見過啊！

「我召喚賴振傑，進來！」賀濔焱指尖比了下中間的紙人，他只要一位啊！

『嗚吼吼吼——』那些死靈們更激烈的擠進來，一個、兩個——

明明只要召喚一個啊！

先進來的死靈有著完整的靈體，但當第二個進來後又開始重組，他們環顧四周，枯手扳著半空中繫的線，望向了賀濔焱，也看向惜風。

『這不是家！這、不是我們的家！』含糊不清的英文，但是單字簡單到誰都聽得懂！

惜風更明白的，是那猙獰的咆哮與殺機！

說時遲那時快，先進來的兩隻鬼立即朝惜風衝了過來，她當下取起旗子，一道金光彈射而出，正中死靈，將他們打得翻倒在地！

而其他陸續擠進來的鬼魂也分批衝向賀濔焱，但力量似乎不大，惜風努力的拿旗子擋，賀濔焱倒是完全不為所動，因為紅衣靈體跟其他的靈魂早就先替他擋下了！

「真是莫名其妙！我要找的是賴振傑、Peter Lai！」賀濔焱跳下桌子，望著外頭越來越多的死靈，這又不是開跨年晚會，再不收拾，等一會兒幾百隻裝不下，衝到外面就更麻煩了！

只見他往惜風走去，一路上有瘋狂的鬼嘗試以鬼爪刨向他，他卻只是抬手一揮，就將對方打到牆邊。

「撐著點，像在打電動一樣就好了。」抽空他還瞥了惜風一眼，說了一句根本無法令人安心的話。

打開衣櫃，黏在內門上有面直立鏡，映照一屋的死靈惡鬼。

惜風真的像在打 Wii 一樣，鬼從哪裡來，她就將旗子往哪兒揮去，賀瀟焱倒是從容不迫的猛然握住半空中的繩子，冷不防的扯斷。

繩上有數個鈴鐺，頓時叮噹作響，他握著繩的這端甩動，俐落流暢的往死靈的身上套去；說也奇怪，繩子本來明明就只有比房間的對角線再長一點，現下卻變得越來越長，可以套住所有闖入的死靈。

「惜風，專心！」賀瀟焱明明沒看她，卻能適時警告，惜風的確看得出神了，沒料到右上方有一個齜牙咧嘴的正撲向她。

旗子一擋就把他擋彈，可是另外一個卑鄙無恥的卻從左方撲上前來！

這房裡現在到底有多少死靈！

惜風被死靈用力推了一把，整個人撞上門板，砰磅之聲嚇得屋外一票女生臉色慘白，

惜風還可以聽見小雪說不要緊不要緊，安撫著眾人情緒。

惜風望著都快貼上她鼻尖的死靈，他身上的味道實在臭得讓人反胃啊，除了腐爛味外，還有一股死老鼠跟水溝的味道！

「滾開！」惜風硬拿旗子往前推，死靈被彈到陣法之上，咻的被紙人收了進去。

地上的紙人逐漸化成黑色，吸收得越多，顏色越深。

「惜風，去把陣紙移開一張。」賀瀮焱仍在套鬼，冷靜的說著。

「咦？」把陣紙移開？可是這樣不就……

「得停止召喚，已經快十隻了，不能讓太多隻進來。」賀瀮焱再伸手動動，又套上兩個。

惜風立刻衝向屋子中間，隨意用腳移開一張陣紙，窗外立即傳來哀鳴，原本萬頭攢動的現象消失，一大票的鬼瞬而向後退離。

屋內剩下兩隻在牆間跳躍，惜風刻意拿旗子想將他們逼到賀瀮焱附近，可沒想到無法如願，甚至還成了攻擊目標。

賀瀮焱單腳抵住衣櫃門，另一手將剛剛包藏在掌心的銅板往上拋扔，準確的朝其中一隻死靈扔去。「中！」

『嘎！』死靈的身體被錢幣鑽出一個洞，洞緣開始如炭火般起火燃燒。哀號之際，賀瀟焱要再套一個。

有一隻直接閃過繩套，撞向惜風的腳，將她整個人絆倒。

在滑倒的前一秒，她下意識的想扳住些什麼，卻不小心往門緣扳去，瞬間撕開了符紙！

「呀——符紙！」惜風留意到了，但她整個人卻已經重重的摔到地板上。

「阻止他傷人！」賀瀟焱大喝一聲，拖著紅繩上重重的死靈們，將手握著的繩端往鏡子上貼去。

死靈們頸子被套住，燒紅的繩子燙得他們哀鳴不斷，死命的掙扎未果，賀瀟焱在鏡子上寫下咒文，再敲了兩下：「進去！」

眨眼間，那一串鬼倏地全被吸進了鏡子裡。

惜風連滾帶爬的打開門衝了出去，手裡還緊抓著旗子，外頭早傳來驚聲尖叫，無論如何，不能讓死靈傷害到——

「喵！」

小雪抱起小萌輕輕放到地上，「開飯嘍！」

惜風煞車不及，跌坐在地，看著小萌一瞬間吞掉那隻連哀號都來不及的死靈……差點忘記，小萌是以鬼為食的！

『呸！喵難吃！』小萌皺皺鼻子，惜風也忘記，牠是個美食主義者。

愛吃魔跟妖精，牠等等一定會露出嘔吐狀。

哐啷——外頭的女孩驚魂未定，房裡突然又傳來破碎音，惜風趕緊站起身走回房間裡。只見一地的碎鏡。

每一片鏡子碎片，都有死靈痛苦哀號的面貌，終至消失。

「至少先解決一批。」賀濔焱把木門上的鏡子全部清到地面，一一踩碎。

把死靈封入鏡中，再毀掉鏡子，灰飛煙滅。

她稍稍鬆了口氣，突然覺得異常疲憊。

「沒事吧？」他走向她，及時攙住腿軟的她。

「沒……」身子不聽話，她依著他才能站穩。「只是有些神經緊繃……」

「妳被死神保護得太好了。」他笑著說，卻換來惜風不悅的神情。「也被我保護得太好了！」

第二句話，讓她心跳再次加速。

「我欠訓練。」她承認。

「要跟著我可不輕鬆喔！」他忍不住輕笑，扶著她走出房間。

「下次我不會再犯這種肉咖的錯誤了！」惜風暗暗下了決心，絕對不能再軟弱出錯！

他們走到交誼廳，看到站在廚房臉色鐵青的貝蒂及海倫娜，而阿米莎則站在餐桌邊完全呆了，她們剛才都看見衝出來的死靈了。

只有小雪很愉快的幫忙擺碗盤，回首瞥了他們一眼，笑得一臉燦爛。

「好香喔……」惜風忍不住嗅嗅。

「來吃咖哩吧！」小雪瞇起雙眼，「這是阿米莎特地為我們做的，開飯嘍！」

賀濡焱挑了眉，這敲詐的傢伙，竟然還敢說他威脅人家！

不過有咖哩吃，總比小萌吃那腐朽的死靈好！

第四章

鬼之城

火車在美麗的風光中前進，坐在靠窗位子上的女孩靜靜望著窗外飛逝的景致，蜷縮在她腿上的漂亮俄羅斯藍貓，總能輕易吸引所有路過者的注意。

身邊的男子始終閉目養神，弄不清是熟睡或是清醒，只是右手緊緊握著身邊女孩的手，他們之間沒有多餘的交談，也沒有頻放閃光，就只是這麼牽握著。

坐在對面的女孩則睡睡醒醒，玩著手機裡的憤怒鳥，玩累了就瞇起眼小憩，現在則是非常認真的把頸間的紅繩取下，一個個檢查上頭掛著的東西。

一條走道之隔，三個分屬不同人種的女孩焦躁不安，但此刻她們紛紛不由自主的看著在扣著「項鍊墜飾」的女孩，她那條項鍊未免也太誇張了吧？根本是一條鎖鍊式的項鍊，用紅繩加長，然後上頭掛了一大堆叮叮咚咚的物品，每個物品都使用問號鉤，才方便拿取。

上頭是什麼——平安符？十字架？瑞士刀？打火機！還有古銅錢……手電筒？

這就是她都穿娃娃裝的原因嗎？

「不、不重嗎？」貝蒂忍不住問道。

「咦？這個？」小雪拎起她那串項鍊，搖了搖頭。「如果可以保命，就一點都不重。」

「打火機？」阿米莎無法理解這跟保命有什麼關係。

小雪聳了聳肩，不懂的人就是不懂！姊姊有交代，什麼東西都要帶齊全，國外不比國內，恐怖麻煩的事超級多，而且語言又不一定通，超級複雜的！

就姊姊旅行的感想，姊姊說出國簡直是玩命，但人不刺激枉過活，非常鼓勵她環遊世界、「增廣見聞」。

說怕她當然會怕，以前提到撞鬼、見鬼都會覺得心裡毛毛的，可是遇見惜風開始，就碰上她撿拾死意、預測死亡、丑時之女，還有俄羅斯妖精跟厲鬼，她很認真的跟姊姊述說旅遊過程時，發現自己其實沒有以前這麼害怕了！

姊姊說得好，這叫「習慣成自然」！注意心裡存著善意、法器準備妥當、不任意招惹孤魂野鬼、專家說的話要仔細聽、遇到鬼攻擊時絕對不能手軟，這樣就能自保！

而且，小雪偷偷瞄了惜風一眼，她也想幫惜風。

如果身邊一直有一個人（更別說那個還不是人）掌控著你的喜怒哀樂與人生，跟同學口角就傷害同學、不管誰有好感就解決對方，人生毫無自主權，只有被控制而沒有未來，這樣真的很可怕。

不過，話說回來，能被死神掌控的人也不多，她看著惜風，突然覺得自己該惜福。

惜風很小就失去父母，結果卻落在掌控欲極強的死神手上，如果是她，她都不知道

有沒有辦法捱這麼多年。

「小雪，妳看惜風看傻了。」正對面的男生開口說話。

「嗯？」惜風聞言轉過頭來，「怎麼？到了嗎？」

他們今天出發前往愛丁堡，路途頗為漫長，但是她卻很享受這樣的寧靜……跟賀灝焱在一起。

「快了，妳同學盯著妳盯到眼珠子都快掉出來了。」

「你不是在睡覺？」小雪皺起眉，怎麼閉著眼睛也看得見啦？「我是在想事情！」

「跟我有關？」惜風歪了頭。

「一點點啦！哎喲，我自己亂想的啦！」小雪擺了擺手，有點尷尬，不由得怨懟的瞪著賀灝焱。

「瞪我幹嘛，妳看她看得出神，我又沒說錯！」賀灝焱聳了個肩。

「你很煩！我只是在想……惜風要什麼時候才能自由！」說出來就好了唄！

自由？惜風下意識的挑起一抹冷笑，她不敢有過多的奢望。

握著她手的力量更緊了些，她幽幽的看向賀灝焱，眼裡是濃得化不開的悲哀。

「下一站就要到了。」海倫娜輕聲提醒，雖然那兩個人散發著誰也闖不進的氛圍。

愛丁堡，他們順著 Peter 的路線，前往他死亡之地。

在他們出發之前，倫敦新的開膛手傑克又殺了第三個人。

一樣的死法，這一次被拿走的依然是子宮，二十多歲的女大學生，死不瞑目的被棄屍在冰冷的街角，腸子跟裝飾用的圍巾混在一起，喉嚨一刀割斷她的生命。

無巧不成書，那個女孩阿米莎也認識，正是賴振傑帶來的第三個朋友，愛丁堡的當地人。

三個女學生之間沒有關聯，警方也束手無策，但是他們只需要一點時間，去探查死者的交友情況，最終會查到一個死亡半年有餘的台灣自助行旅客，賴振傑。

賀瀟燚在招魂之後得到了結論，姑且不論開膛手傑克是人是鬼，還是被附身，賴振傑的靈魂並沒有安息。

因為明明是呼喚賴振傑的名字，來的卻是那一大堆百年以上的腐朽老鬼。

如果賴振傑真的已經入土為安，超渡順利，他不會來，其他孤魂野鬼也不會來！而那一大票傢伙會在倫敦，絕對跟賴振傑有關聯，所以當他呼喚賴振傑之名，那群死靈會有所回應。

他們知道賴振傑在哪裡。

遺憾的是，那群死靈戾氣太重，看到人就攻擊，明明是自己跑來的，還一副他要害他們的樣子，他懶得廢話，先除去無法溝通的一批，其他的之後再說。

情況並不複雜，賴振傑的靈魂沒有安息，也沒有返台，反而跟那票死靈在一起，只要找到源頭就可以了。小萌非常明確的指示必須前往賴振傑喪生的地點，解決這件事情。

但要怎麼做卻不說清楚，大家只得收拾簡單的行囊，跟長租客們詢問賴振傑的旅遊路線後，依照他的行程前往；至於那三個長租客，由於開膛手傑克已經連殺三人了，沒有人敢再待在那兒，就硬著頭皮跟著他們走。

其實就算她們不提，賀濡焱也會希望她們一起來，事情與賴振傑有關，他周遭的人都有莫名的牽連跟危險，而這三個女生更是首當其衝。

火車到了愛丁堡，他們揹起行李下車，愛丁堡是個很美麗的地方，而且是座山城，放眼望去都是山坡路，原則上他們不希望在這裡留宿，能速戰速決最好。

只是才剛走出火車站，賀濡焱就卡在大門口緊皺著眉，望著火車站外的街道，一動也不動！

「你的表情很難看。」惜風暗暗上前說道。

「妳把妳的陰陽眼打開，就知道為什麼我會連走出去都不想了！」賀濡焱擰著眉，

很嚴肅的抱怨著。「難怪這裡敢拿『鬼』當行程號召！」

眼睛往旁邊一瞟，就有幾個裝神弄鬼的年輕人拿著牌子，上頭寫著「尋鬼之旅」，看旅客有沒有人想團報的。

惜風聞言，更不想開陰陽眼了，他的言下之意，就是這裡都是——死靈遊魂？

「有多少？」她咬了咬唇。

「比妳放眼望去的人還多！嘖！」賀濔焱認真的環顧四周，他們兩個竊竊私語讓其他女孩有點擔心，小雪又連忙跳出來安撫，只說賀帥哥一定是在想下一步怎麼走，大家別多想。

才在試圖讓女孩們分心，另一個身影緩緩的逼近她們，那是個妙齡少女，一頭披肩紅髮，穿著白色上衣跟綠色的長裙，一臉受傷害怕的望著她們；一雙眼睛浮腫，像是剛哭過。

該不會是被甩了吧？小雪只能這樣猜，但是那個女孩卻越走越近、越走越近，她趕忙拉著阿米莎，要大家跟著往後退，因為那個女孩實在太奇怪了，一雙紅腫的眼睛死盯著她們不放！

「賀、賀帥哥！」小雪忍不住叫了站在外頭的賀濔焱。

賀瀟焱回首，就看見一名陌生女子傾斜著上身逼近小雪她們，惜風立刻回身朝她們奔去，雖然沒感覺到什麼威脅性，但是那樣看人實在太怪了。

「妳需要幫忙嗎？」惜風問著，但口氣聽起來絕對不是想幫忙。

綠裙女孩沒說話，一雙眼在三個長租客臉上搜尋，她張口欲言又止，伸出的手指一一指向阿米莎、海倫娜跟貝蒂，像是在努力思考什麼。

「妳認得她們？」賀瀟焱看出她的神情，「這是海倫娜。」

他突然報出海倫娜的名字，讓她嚇了一跳，這女子陌生怪異，可以這樣隨便講的嗎？

「海倫娜！」綠裙女孩的雙眼倏地瞪大，老實說，她的眼睛真的很大，還有點凸出，瞪圓時很像受到驚嚇的樣子。「我知道……那妳是阿米莎跟……貝蒂！」

下一秒，她就準確的說出其他兩人的名字，這讓大家都相當驚訝。

「妳怎麼會認識她們？」小雪皺眉，回頭望向躲在她身後的女生們。「妳們認識她嗎？」

三個臉色蒼白的女生拚命搖頭，她們未曾見過這名綠裙女孩啊！

「Peter！」女孩說著，「Peter 的室友！」

Peter，這是賴振傑的英文名字啊！

哇！小雪立刻趨前跟綠裙女孩交談，還拿出賴振傑的照片，女孩看見照片就拚命點頭，說她有看過 Peter 相機裡的照片，他還跟她介紹那是和室友的合照，所以她對海倫娜她們有印象。

而綠裙女孩叫蘿莎，她是賴振傑在這裡相遇認識的嚮導。

「妳也剛好坐火車過來嗎？」賀濂焱覺得她剛好出現在這裡很奇怪。

「不！」蘿莎搖了搖頭，「我知道有人要來，所以在這裡等待。」

有人要來？惜風蹙眉，說的該不會是他們吧？

「誰要來？」

「Peter 的朋友。」蘿莎幽幽的說著，一點都不怕他們覺得她很詭異。「Peter 一直在呼救，他需要幫助。」

三個女孩嚇得抱在一起，惜風倒是覺得這像是一股助力，竟然有知情的人主動前來幫忙了！

小雪才想開口，卻被賀濂焱以眼神示意噤聲。

「Peter 已經死了半年多了！」他說著事實。

「但是靈魂被困住了！」蘿莎邊說，一臉快哭出來的樣子。「他離不開逃不掉，一

直呼喊著……」

「妳看得見那些死靈？妳知道 Peter 在哪裡？」賀濡焱覺得這個叫蘿莎的女孩很不尋常，彎下身子，湊近了她。「那為什麼不去救他？」

「我……」面對逼近質問的口吻，蘿莎顯得有點畏懼。「我、我不敢……」

惜風伸出手將賀濡焱輕輕推開，幹嘛對一個女孩子這麼兇？她帶著責備的眼神瞪著他，沒看見這女孩一臉受驚嚇的樣子嗎？

「妳說妳是 Peter 的嚮導，那妳可以帶我們去他去過的地方嗎？」惜風輕聲問著，有嚮導，總比瞎子摸象來得好。

蘿莎聞言，立刻點頭如搗蒜，彷彿就是在等他們來似的。

賀濡焱不樂見這種情況，他不知道該用「請君入甕」來形容好呢？還是被「守株待兔」？

有人事先知道他們要來，甚至在這裡等候，還要帶他們步入可能的危險，怎麼想，他就是覺得不妥。

「怎麼？一臉憂心忡忡。」惜風用中文問他。

「妳別這麼快又相信人，主動跟我們接觸的人，我覺得很不妥當。」賀濡焱認真的

打量著蘿莎，這女孩散發著很詭異的靈光，藍綠色的。

「我沒有全然相信她，絲妮克的事已經給我很大的教訓，但是她知道 Peter 在這裡做了什麼、去了哪裡。」惜風語重心長的說著，「我們需要她，但不代表不對她有所防備。」

嗯……賀濂焱暗暗點頭，這古色古香的城市，充滿英格蘭風情的觀光勝地，現在對他來說，是個陰暗到不行的山城，街道上滿滿的都是死靈，黑壓壓的逼近摩肩擦踵的地步。

而遠處的山頭更是驚人，陰氣四散，直達天際，他看那尋鬼之旅之所以能成功，就是因為這兒真的到處都是鬼！

跟女孩們解釋後，蘿莎說 Peter 住在附近的一間老舊民宿，因此大家決定完全按照 Peter 的步伐前進；一路上賀濂焱都露出不耐煩的神色，不時還有推踢打撞的莫名動作，惜風知道，他那關不起來的天眼，鐵定是跟死靈們有衝突了。

背包裡的小萌似乎正安靜的睡著，明明就是牠叫大家來的，但是一點提示也懶得給。愛丁堡這裡有什麼東西可以幫助她解決死神嗎？小萌的目的到底是什麼？她滿腦子都在想這件事情，發現自己被希望左右，搖頭想甩開自由的想法卻甩不掉。

呃！經過某個轉角時，惜風突然止住了步伐。

有人拉住了她的腳和手……現在是身體被圈住了！

根本不必回頭看，她就知道根本不是「人為」的！

『過來吧……過來吧……』耳語在她耳際響著，『妳會喜歡這裡的！一定會喜歡……』

強烈的腐臭味襲來，有手摀住她的鼻與嘴，讓她無法呼吸也無法說話！掙扎著想動，卻直直被往後拖去。

『從哪裡切呢？左邊、右邊、上面、下面……把長長的腸子拖出來，放在右邊的肩膀上，繞個兩圈當圍巾……』

有人在歌唱，惜風的英文雖然沒有特別好，但是卻聽得懂裡頭的每一個單字——因為這幾天的新聞都報爛了！

啊！倏地，她整個人被摔向石牆，疼得皺眉。

就外人來看，她只是個腳步不穩的遊客，正找面牆靠著休息罷了……小雪是不會回頭瞥一眼嗎？

『妳最適合這裡了，深深的地獄，那裡有人在等妳……』七嘴八舌的聲音傳來，『現在還這麼新鮮，等到腐朽之後……』

「再怎樣也不關你們的事！」

倏地一掌從惜風耳邊往牆上擊去，束縛頓時鬆開，她馬上吸了一大口空氣，臉色發白的往前倒去。

賀瀟焱立刻抱住她，在距離她身體十公分的地方開始撥動，將她身上一些亂七八糟的瘴氣袪除！

「惜風！妳怎麼了？」小雪擔憂的跑了過來。

「她就走在妳身邊，不見了妳都沒看見嗎？」賀瀟焱毫不客氣的立刻開罵。

「我……」小雪一臉無辜，她剛剛被櫥窗吸引了啦！

「別怪她，是我自己大意！」惜風拍了拍背包，「小萌也不幫忙！」

『喵不能！這裡有這裡的死神與貓，喵是客人！』小萌說得理所當然。

「喵一聲又不會怎樣！」賀瀟焱嘆口氣，「妳還是別走最後面了，跟著我。」

惜風遲疑著，他們很怕被這兒的死神觀察、告狀，所以才盡量避免走得太近，小萌也沒說要幫他們掩飾，但賀瀟焱似乎總是不當一回事。

「要保護就保護得徹底點吧！」蘿莎冷不防的出聲，「這樣忽略粗心，容易失去很重要的東西啊——」

賀濡焱睨了她一眼，多嘴。

「我剛剛聽見他們在唱歌，在唱跟開膛手傑克有關的歌。」惜風沒忘記重點，「愛丁堡跟倫敦的開膛手傑克為什麼會有關係？」

為什麼唱著那悲悽的歌？惜風闔上雙眼，幾經掙扎，為了不讓自己再次被困住，為了知道那些死靈的目的，她選擇打開天眼。

這一睜開可不得了！

小雪她們都圍繞著她，但是她們身邊根本緊黏著一堆黑色的死靈，他們正如同在倫敦看見的腐朽屍體一樣，肩挨著肩，也圍成一大圈望著她！

『女孩在慘叫……不要不要不要！』咯咯笑聲從外圍的鬼中發出，惜風猛然推開擋路的人鬼們，直接追了出去！

「惜風！」賀濡焱伸手抓不住她，也疾速追了上去。

一隻乾黑的鬼手舞足蹈著，手上明顯沾有鮮紅的血跡！

惜風暗暗抽口氣，飛快的追上，她甚至可以感覺得出來，那血是溫熱的，這裡的某處剛發生了命案，有條無辜的生命消失了！

「惜風！妳不要追！」後頭傳來賀濡焱的聲音，但是她已經失控！

站住！惜風努力伸長手，一把抓住了那個在歡慶他人死亡的枯朽亡靈，亡靈倏而回身，空洞的雙眸對上她的雙眼——

驚慌失措的女孩，恐懼的閃躲，身後的巨大人影不停的跟著，抓住了她的腳，意圖割斷她的咽喉……但是女孩扔了東西，翻身急欲逃逸，尖刀冷不防的向下一揮，割斷了女孩的腳筋。

女孩放聲尖叫，痛得在地上掙扎，亮晃晃的刀子在她眼前晃動，那是把手術刀……千真萬確，是一把銳利無比的手術刀。

女孩開口求饒了，哭喊著救命，但似乎無人聽見。

伸出來抵抗的雙手，瞬間被割開皮膚與肌理，轉眼成了兩截……女孩因劇痛而歇斯底里的慘叫著，手術刀終於一刀割開她的咽喉，鮮血噴濺，女孩無力的倒地。

然後手術刀俐落迅速的剖開她的肚子，女孩尚未死透，痛得全身抽搐，兇手拉出了她的腸子，攪爛她的內臟，再割取下子宮，打開防水紙袋裝入。

最後趨前，彷彿笑看凝視著死亡的女孩，從容離開。

龐大的死靈從一開始就塞在這空間裡，他們歡呼、慶祝般的摸著滿地滿牆滿天花板的鮮血，咯咯咯的指著女孩的屍體訕笑著，愚蠢愚蠢，怎麼會犯上——

「惜風！」雙肩一個猛力震顫，范惜風突然冷靜下來，卻恍神的望著眼前的男人，有些回不過神來。

「……賀濔焱。」她有些虛弱的說著，像是在證明她清醒了。

「妳是在做什麼！靈魂差一點就被拉跑了！」賀濔焱惱怒異常，「妳知道這裡是什麼地方嗎？簡直是眾鬼之都，我沒有把握能保護每一個人！」

追來的小雪倒抽一口氣，賀帥哥沒有辦法保護每一個人？沒關係，她、她有護身符！

「有人死了……剛死沒多久。」惜風喃喃出聲，「死靈們剛剛才目擊了兇案現場，他們身上都是死者的血！」

「誰死了？」賀濔焱擰眉。

「不知道……我不認識，但是這個女孩死得很慘、很痛苦！不，或許每個女孩都死得很痛苦。」她深吸了一口氣，「殺人方式，是開膛手傑克……」

「呀！」阿米莎她們聽見，臉色瞬間刷白！

開膛手傑克？在倫敦犯案的那個？為什麼到愛丁堡來了？

「她只是瞎猜，不要什麼事都大驚小怪！」賀濔焱扣住惜風的臂膀往回走，「從現在起，妳不許離開我的視線。」

「我是說真的。」她不悅的駁斥。

他大手一攬，將她攬進懷裡。「我沒說我不信。」

耳語在旁，他只是不想讓女孩子們驚慌，因為人只要慌張，就會做出很多失控的事。

他討厭收拾失控的結果，尤其是別人的。

不過一路上也不得安寧，貝蒂拚命問小雪到底怎麼回事，為什麼惜風會提到開膛手傑克？還有剛剛的追逐所為何來？是否她看到、聽到了什麼？

如果是的話，怎麼能瞞她們！三個人既氣忿又大聲的逼問著小雪，賀濡焱採取疾步向前行的功夫，推著惜風遠離吵死人的四人，蘿莎則不知道為什麼獨自一人走在前頭，隱隱哭泣。

「煩死了！」小雪終於忍無可忍的回頭瞪向她們，「他們沒有說的義務啦，為什麼我們一定要告訴妳們什麼！」

這一吼，讓三個女生靜下來了。

「是妳們要跟的，很多事情該講時，賀帥哥就會講，不該講時也沒義務說！妳們是誰有付錢請他做事嗎？」小雪被兇得一肚子火，「憑什麼搞得我們應該向妳們報告什麼啊！」

這樣的爭吵在路上引起不少側目，嚴格說起來不是吵，是小雪單方面火山爆發，惜風頻頻回首，賀濡焱卻要她專注往前，小雪不會有事的。

她樂天又神經大條，但不代表可以任人這樣兇著玩，也不代表她是傻子。

事實上賀濡焱覺得葛宇雪是個聰明到驚人的女生，還有著很可怕的直覺。

「到了。」蘿莎突然停下腳步，在一條小徑旁邊有扇門，門外掛著許多鮮豔花朵的盆栽，招牌上寫著民宿的名稱。

一旁的牆上剛好鑲著路名的牌子，惜風仰首，卻赫見「wynds」這個英文字。

「哇！這條路好炫喔！」小雪的聲音從後頭傳來，拿起相機就照。「叫死胡同耶！」

嘖！賀濡焱皺眉，他非常非常不喜歡這個名稱。

「我要上去看一下 Peter 當初住的地方，其他人留在外面好了，不要亂跑……小雪，我就是說妳。」賀濡焱交代著，摟了摟惜風。「跟我上去。」

嗯，她點了點頭，為了怕礙事，選擇把背包交給小雪，小萌不宜上樓。

蘿莎進去跟老闆交涉，老闆是對蘇格蘭籍的老夫妻，只見他們眉頭深鎖，有些不耐，抱怨著為什麼這幾天總有人來打聽 Peter 的事情？都已經過去那麼久了！

「有人打探？」賀濡焱一個箭步上前，「是怎麼樣的人？」

「唉，都有！剛剛才有一個年輕女孩上去……我現在閣樓都不外租了，為什麼還要再來打攪我們呢？」

「剛剛？」惜風瞪大雙眼，「妳說剛剛才上去——穿著粉紅衣服的女孩嗎？」

老闆娘愣了一下，彷彿在說：妳怎麼知道！

賀濰焱只是看了惜風一眼，立即就知道她在驚駭什麼了！

他立刻三步併作兩步的衝上樓去，老闆因為驚愕都忘了阻止，蘿莎在一旁發抖著哭泣，豆大的淚水不停的滴落。

惜風緊跟在後，踩上木樓梯時差點滑倒，幸好及時用雙手撐住梯面，但卻感覺到手心上扎著滿滿的小石子……滿滿的死意啊！

二樓是老闆娘的起居間，賀濰焱只到二樓就停下腳步了，因為那白色的餐桌上，正有一灘血跡。

從天花板凝聚，穿過木板隙縫，滴答、滴答的落在二樓白色的餐桌上。

問題是，兇手呢？所謂的開膛手傑克應該也在這裡啊！難道沒有人看見他出入嗎？

『嘻嘻嘻……』令人毛骨悚然的尖叫聲自惜風身後傳來，『慢一步嘍，你們永遠都趕不及的！』

賀濡焱迅速的一把抓過惜風，將她拉到身後，以防禦姿態面對不明的死靈！

那是一張巨型的臉，正在殘虐的笑著，而那張臉是由無數個死靈組成的，他們真是團結一致，永遠都是組成一個形體，同時出現在人們眼前。

『已經開始了，一切都來不及。』死靈們低沉的喃喃說著，『我們的自由近在眼前……終於可以回家了！』

「殺人是不可能自由或安息的！」賀濡焱皺起眉，手已經打出結印。

『錯，殺害我們的人都安息了。』死靈們咯咯笑了起來，『祭典已經開始了，誰也阻止不了我們的返鄉路！』

「什麼祭典？」惜風握緊雙拳逼問，「你們不能濫殺無辜！」

『地獄之門一旦開啟，誰也不會是無辜的。』死靈們張嘴狂笑起來，『嘻嘻嘻嘻……哈哈哈哈！』

龐大的死靈們瞬間解體四散，朝著他們衝了過來，賀濡焱迅速張開結界抵擋，死靈們被結界彈開後，立刻穿過他們四周，在這間起居室隱匿起來。

放心不下的小雪還是跟了上來，她一臉驚恐的瞥見最後一幕，怎麼老是有這～麼～多～的死靈啊！

「那些東西是幹嘛的？」她指著消失的死靈們。

惜風只是看了她一眼，用無奈的眼神告訴賀濡焱：小雪看見了。

「這裡的空間太邪惡了！」他邊說，卻拉著惜風往上走。

閣樓不高，門根本沒鎖，他們小心翼翼的接近門口，看見一雙流血的腳，還有一陣陣歌聲。

一個身高大約五十公分，戴著紅色帽子的人，正在屍體旁跳舞，他駝著背湊近倒在血泊中的女屍，惜風可以看見那蒼老的外貌，並不是孩子！不知名的生物伸出了手，小小的手上長著尖長的指甲，粗暴的往女屍被剖開的肚子裡一陣翻攪，直到雙手沾滿鮮血才抽出。

接著，細心的摘下頭上的紅帽，一點一點的用血，塗滿整頂帽子。

大家不可思議的看著這一幕，那像妖怪的傢伙拿人血染色？那怎麼可能會是人！

電光石火間，小矮人突然轉頭瞪向門口，發出高分貝的叫聲，直直衝了過來。

賀濡焱動作更快，上前一步把門給踹上，準確的讓門緣敲中急奔而來的小矮人！小矮人被這麼一擊，腳步一陣踉蹌，眼看就要摔上屍體，卻輕巧的翻了個觔斗，甚至跳上閣樓的屋梁！

惜風望著倒在血泊裡的屍體差點沒暈倒，真的是透過死靈見到的那個女孩！

「你殺的？」賀濔焱拿出迴旋標，對準了小矮人的方向。

『我喜歡我的帽子，更喜歡染紅我的帽子。』小矮人白鬍白髮卻露出猙獰血腥的笑容，讓人毛骨悚然。

「我喜歡獵妖獵鬼，更喜歡讓你們灰飛煙滅。」賀濔焱照樣造句，迴旋標沒個響聲就丟出去了。

準確無誤，但是小矮人卻砰的一聲消失無蹤，讓迴旋標擊中屋頂，咻的再回到賀濔焱手中。

「惜風！」小雪驚恐的大叫著，扯拽著她的衣服，手指著地上那具女屍。

女孩做出倒抽一口氣的姿勢，瞪大雙眼從身體裡坐起，靈魂與身體正式分開，她已經確定步入了死亡。

她用疑惑不明的眼神望著他們，賀濔焱嘆口氣，甫死之人是不明白死亡的。

手打結印，拿出十字架，在這裡相遇也算緣分，如果能送她一程的話，至少可以……

說時遲那時快，從屋頂上竄入剛剛的大批死靈，他們伸長腐爛的手朝著女孩抓去，女孩驚恐的仰首，根本還不明白發生什麼事，就這樣火速被架起，拖了出去！

『呀——』女孩望著他們尖叫，連求救都來不及。

一切都在眨眼間發生，賀濔燚十字架仍握在手裡，卻眼睜睜看著剛死亡的靈魂被拖走——為什麼？

「哇啊——」樓下傳來尖叫聲，像是老闆娘的，看來是見著了餐桌上的血。

緊接著是老闆奔上樓的聲音，「到底發生……」

閣樓裡的三個人望著躺在地上的女屍，腸子照慣例掛在右肩上，張開的大腿向著他們，但是整個骨盆都已經不存在了。

開膛手傑克，不再只屬於倫敦了。

第五章

月蝕之夜

這次連閃都閃不了，所有人都進了警局，當然小雪在事發當時就做了「行前教育」，跟阿米莎她們說清楚，不知道的事就說不知道，別回答什麼「好像」、「似乎」、「惜風怎樣……」。

大家就是一起到愛丁堡觀光，她們是跟著賀濂焱他們走的，就在外面等，裡頭發生了什麼事渾然不知。

最後由英文最好的小雪代表做筆錄，反正她都在現場，就交給她講就好了。警方一抵達現場後，惜風跟賀濂焱瞬間都變成跟英文不熟的人，呆呆的望著警察們，橫豎都回答中文，進入雞同鴨講模式。

這讓小雪忍不住咕噥，怎麼又不是她領的頭，結果她又要進警局小房間了啦！

惜風在外頭靜靜的思考發生的事情，旅館夫妻說除了那個女孩之外，沒有第二個人上樓，所以根本不知道是誰殺了她；更何況二樓是他們的住家，也不可能有別人在，兇手出入也會有個影子或聲響，不至於可以完全銷聲匿跡。

但是他們都記得這裡的屋子很矮，屋瓦相連，若真的從窗戶出去，要踏到別人家是輕而易舉的事；警方尚在老闆家採證，或許很快會有結論……現在惜風比較希望能找到「人」的跡證，而千萬不要是那群死靈下的手。

那群死靈……把那甫死的女孩帶走是什麼意思？那靈體與他們無礙，帶著靈體能去哪裡？

「靈魂被帶走，會發生什麼事嗎？」她輕聲的問賀瀮焱。

「什麼事都有可能，靈體也會對付靈體，可以傷害她、也有可能使她變質，或是禁錮她。」賀瀮焱已經思忖了好一會兒，跟祭典有關嗎？

祭典是什麼？蘇格蘭有什麼習俗？這滿山城遍野的死靈又是從哪裡來的？黑壓壓的一大票在街上徘徊，全是百年以上的靈體，為什麼沒安息？為什麼在動作？為什麼說想「回家」？

這跟在倫敦的人形鬼是一樣的，同樣的一批傢伙，年代跟穿著及氣息相當，只怕愛丁堡才是死靈的所在地。

至於為什麼有一群會跑到倫敦，還會回應對賴振傑的召喚咒，這就有待商榷了。

蘿莎一個人靜靜的坐在角落，一句話也沒吭，雙眼都已經哭到紅腫還在低泣著，明明沒看到命案現場也沒見著屍體，就不知道她一路上是在哭個什麼勁。

「喵！」

在一旁休息的小萌忽然驚叫一聲，全身的毛都直豎起來，弓起背進入備戰狀態，那

雙綠色眸子狠狠的瞪著某個方向，冷不防的跳下桌，往外頭奔去。

「小萌！」惜風站起身想追，但被警方制止，一個警察眼明手快的攔腰撈起小萌，才沒讓牠奔出去。

但是小萌依然忿怒的低吼著，惜風不明白應該優雅文靜的牠，為什麼會突然變得這麼暴躁？

還沒接過手，小萌突然咬了警察的手掌一口，咻的又跳下地板，直直衝了出去！

「有狗在附近嗎？」貝蒂趕緊問警察，「會不會是警犬的關係？」

小萌怎麼會怕狗？對喔，牠是一隻貓，但好歹是死神的貓啊！

那一定不是恐懼！惜風深吸了一口氣，堅持再往外走一點，想看看外面到底發生了什麼事。

『喵站住！』急躁的命令口吻倏地竄入腦子，惜風聽到只是更心急的想往前，不等警方要求她回到位子上，賀瀶焱一骨碌跳起，上前急拉住她！

「牠說站住了！」他使勁的將她扯了半圈。

惜風圓了雙眼，她有聽見，只是……為什麼？

有東西在外面！這根本不必懷疑，如果連小萌都如此介意，那惜風就不能涉險！賀

灊焱將她帶回等候區坐好，他們都在等小雪做完筆錄，無論如何，小萌都會平安回來，耐心等待就好。

幸好比在俄羅斯時花的時間少，小雪做完筆錄後就走了出來，自然是一臉的不甘願，警方問了一大堆問題，她從頭到尾幾乎都說「我不知道」。他們到之前女孩就死了，問再多也沒用。

當然，問到為什麼會去那邊，又為什麼打聽賴振傑的事，小雪給了個很酷的理由。

「追悼？」惜風眉心都皺起來了。

他們順利離開警局，但時間不早了，夏季的日照時間的確長，可是天空開始變得灰濛濛的了。

「對啊，因為要追悼賴振傑，我們用我們國家特有的方式，就是追隨他的足跡。」小雪說得振振有詞。

「有妳的！」賀灊焱深表讚賞，「派妳去果然是明智的！」

「喂！」小雪不依的抗議，該不會是這樣才讓她做代表吧？

走在路上，小小的愛丁堡因為這起命案而起了波濤，連環殺手特地跑到愛丁堡犯案，這未免太誇張了！

賀濦焱觀察著異常沉默的長租客們，她們現在應該恐懼到了極點，當初是為了躲避開膛手傑克才願意跟來的，結果開膛手傑克似乎尾隨著她們的腳步，也跟過來了……

是啊，為什麼開膛手傑克幾乎就在他們身邊，亦步亦趨？

「蘿莎！」賀濦焱上前拉住了低頭不語的她，「妳認識那個粉紅女孩嗎？」

她抬起的雙眼已經紅腫到不行，一臉悲悽，因為他的一句問話，嗚哇的哭了出來！

這不必回答了吧！蘿莎認識！

「跟 Peter 也認識嗎？」惜風一顆心都快停了。

只見蘿莎緩緩的點頭，阿米莎差一點沒有暈過去！

「我們一起帶 Peter 去玩的……不，我是她跟 Peter 的嚮導！」蘿莎眨著大眼，淚水不停的流。

只要跟 Peter 有關、認識的人，都一一死去，這就是開膛手傑克的目標！

惜風立刻望向阿米莎她們，這三個長租客住在一起，想當然耳應該是第一目標啊，為什麼開膛手傑克到現在還沒有殺害她們？

「小雪，妳記得那個小矮人嗎？」賀濦焱緊握雙拳，他無法把事情連貫起來。「我要妳形容給蘿莎聽，包括他說的話！」

「噢，沒問題！」小雪立刻轉向蘿莎，幾乎是用背的背出小矮人唱的那首歌，一字不漏。

蘿莎聽完後，抹了抹淚。「那是 RedCap。」

「還有名字？」真是非常簡單的直譯，紅帽子。

「RedCap？」海倫娜也有所反應，「你們看過 RedCap？」

「嗯啊！就一個小矮人，拿血抹他的帽子……」小雪隨便形容一下，那畫面太噁爛！

結果女孩們倒抽一口氣，用不可思議的眼神望著他們，接著討論起來了。

「RedCap 是傳說，像是……童話故事裡的一種妖精！」海倫娜用非常難以置信的口吻說著，「他們很矮很小，老人家的臉、長長的指甲，喜歡把血塗在自己的帽子上……有時候會殺死旅人取血……。」

「所以……死者是紅帽子殺的？」這是哪門子的結論？「可是刀法是開膛手傑克吧？」

「你們真的看過 RedCap？」女孩們還在就這件事探討著。

妖精，讓惜風不由得想起在俄羅斯時發生的事，雪之妖精就曾經現身，為了自己一生唯有一次的愛戀拚命，最後連命都豁出去了。

『站住！』

咦！惜風顫了一下身子，倏地回首往身後看去，一隻貓從她眼尾餘光中奔離，是小萌！

「小萌在那裡！」惜風邊說，邊邁開步伐追了上去。

「別去！」賀潫焱實在搞不懂，為什麼要這麼擔心一隻死神的貓啦！

小萌在追著某個東西，一定是某樣關鍵的事物，依照牠的能力，根本不需要去獵捕食物，嗜吃靈魂的牠，這兒有的是大量的死靈可以食用。

小萌越跑越快，穿過小巷道，范惜風也越追越迷糊，忍不住開口喊了小萌的名字！

『喵什麼！』貓咪煞住了步伐，詫異的回頭看去。

惜風終於追上牠，氣喘吁吁的朝牠伸出手。「不要再跑了！」

『喵妳來做什麼！』小萌的臉色並不好看，望著她，卻又不安的往前方看去。

惜風不解，放眼望去就只有他們在這條巷子裡，小萌在追什麼？又在擔心什麼？她蹲下身子伸出手，希望小萌快點跟她一起回去。

『呼……』低沉的呼嚕聲冷不防從惜風身後響起，她揚睫詫異的望著正對面的小萌，那雙綠色眸子瞇出殺氣。

鼻間聞到一股臭味，那不是腐敗味，而是一種動物的發臭味，喉間呼嚕的聲音，聽起來像是一隻狗。

『喵不要回頭。』小萌倏地伸出利爪，弓起背，爪子在地上磨出沙沙聲響，背後的狗兒也在低吼，隔著惜風，雙方正醞釀出無比的殺氣。

「范惜風！」賀濔焱的足音奔來，「妳是——」

他在巷子口煞住腳步，驚訝的望著眼前這一幕。

巨大如狼犬般的黑色大狗就卡在巷子口，四隻腳特別長，黝黑的皮膚上光亮無毛，平滑得詭異，一雙「火眼金睛」回首瞪著賀濔焱，張嘴盡是利牙，卻彷彿揚起一抹笑意。

『喵！』小萌後腿一蹬，惜風即刻壓低身子，牠俐落的躍過她的身子，衝向那隻詭異的巨犬！

但是那隻狗的速度更快，竟然往上跳到了牆緣，就這麼在狹窄的巷子裡左躍右跳，藉著兩邊的牆面一路往天空跳去，速度疾如閃電，賀濔焱看得是瞠目結舌，第一，他不知道狗會爬牆；第二，那隻狗的速度未免也太快了吧！

一眨眼，那隻狗似乎是上了屋頂，消失了！

「哇塞！」賀濔焱忍不住讚嘆，「那隻狗的速度——」

『喵白痴！喵笨蛋！喵傻瓜！』小萌一開口就是一連串的責罵，『喵你過來做什麼！』

惜風起身往巷口奔去，她也聽到小萌的責備聲了，偷偷望著賀濂焱使眼色，到底是怎麼回事？

「我是追惜風追到這來的，還不是妳亂跑又不說一聲，惜風擔心。」賀濂焱嘆了口氣，「我實在搞不懂死神的貓有什麼好擔心的！」

「是小萌的行徑很詭異，我才……」她咬了咬唇，怎麼她成了罪魁禍首了？

『喵麻煩了！』小萌氣急敗壞的在原地繞圈子，這算不算貓界大發現？原來貓在煩惱時也會跟熊一樣走來走去、走來走去……

「小萌，那隻狗是什麼？」賀濂焱終於察覺到不對勁了，「那不是真正的狗對吧？」

『喵蠢豬！那是 BlackDog ！英國傳說裡最兇惡的妖精！』

「最兇惡……是什麼意思？」惜風覺得手腳有些發寒了，因為那隻狗看起來沒對賀濂焱做什麼啊！

「傳說……傳說……」賀濂焱根本沒在聽小萌說話，突然一擊掌心。「對！就是這個！」

咦？惜風尚不明所以，立刻被賀瀟焱拉了就跑，小萌在後頭齜牙咧嘴的叫著，根本沒人理牠，只得跟在後頭狂奔。

奔回集合地點時，小雪她們還一臉莫名其妙的望著上氣不接下氣的他們。

「妳剛剛提到傳說，有BlackDog嗎？」他一抵達，指著蘿莎就問。

才說到這個單字，蘿莎竟一臉死白。「你、你為什麼問？」

「也是傳說裡的妖精嗎？」他沉著聲問。

「是……牠擁有強大的力量。外型是一頭大黑狗，銳利的目光，口中能噴出火焰襲擊人類，速度很快，幾乎能瞬間移動，最重要的是……」蘿莎深吸了一口氣，才能說話。

「據說看到BlackDog三次就會死亡。」

看到三次……會死亡。

惜風連忙上前，抓著賀瀟焱的衣領就大聲問著：「你剛看見那隻狗了嗎？看見牠了嗎！」

賀瀟焱冷靜的闔上雙眼，他看見了。

小萌徐步走來，仰著頭望著他。是嗎？小萌，原來妳要說的就是這個！

在警局時就感覺到BlackDog的存在，才阻止他們出去嗎？

「沒關係，才第一次。」

才第一次！什麼叫才第一次！惜風完全無法接受這樣的答案，小雪她們根本不明白惜風在激動什麼，剛剛消失的那幾分鐘到底發生什麼事了？

賀瀮焱的雙手緊握成拳，現在不是考慮這件事的時候，他瞟了小萌一眼，牠到他腳邊磨蹭，像是一種安撫。

「我要知道愛丁堡的傳說，以及所謂傳說中的妖精，每一個都要知道！」他對著蘿莎慎重的說，指向了山上一棟黝黑的城堡。「從那一座城堡開始！」

可怕的森森陰氣，完全包圍了那棟城堡，空中一堆死靈進進出出，他幾乎可以確定，那群死靈來自於那裡。

「那是舊城區的古老城堡，就是愛丁堡。」蘿莎往前走了兩步，望向山上的堡壘。

「套句這邊的話：『那裡什麼都沒有，就是有鬼！』」

「鬼！」貝蒂發出細叫，現在是怎麼樣？為什麼越來越多詭異可怕的事了！

「為什麼？」小雪疑惑極了。

「傳說中，黑死病爆發時，這兒的領主把生病的人全關在城堡的地下監牢，不提供食物跟水，讓那些人在城裡自生自滅，然後帶著沒病的人到新城區過活。」

蘿莎的聲音變得尖細，像是在為那些人哀悼一般。

「好殘忍……不過只是傳說吧？」阿米莎不安的問著。

「嗯，只是傳說。」賀瀟焱心底明白，這一切都跟傳說有關。開膛手傑克雖是案件，但卻是倫敦最有名的傳說之一，愛丁堡的鬼、紅帽子精靈，現在連 BlackDog 都出現了，還有什麼值得懷疑的呢？

看來，懷怨的死靈、被殺的女孩、開膛手傑克，還有所謂的祭典，全部都跟傳說有關了。

「妳最好保證這樣做，對惜風有益處。」賀瀟焱瞪著腳邊的小萌，要不然他現在就立刻離開，遠離英國，自然就不會再見到黑狗了！

『喵重要。』小萌滿是抱怨，『喵沒叫你看啊！』

嘖！欠揍！賀瀟焱不悅的踢了踢小萌，真是討人厭的貓，跟原主人一樣傲嬌！

「我想大家應該都餓了，要找地方休息了嗎？」蘿莎輕聲問道。

「好。妳安排。」賀瀟焱旋即一頓，「找 Peter 吃過飯的地方。」

海倫娜皺起眉，事到如今，還要繼續追著 Peter 的足跡嗎？

「旅館呢？」蘿莎側了首，「總不能再住今天命案現場吧？」

「不住了。」賀澪燚仰起頭，從剛剛起就望著漸暗的天空。「我們沒有時間了。」

大家不約而同的一起看向天空，只見晚霞滿天，不懂得他在看什麼。

而且晚上還要行動，不就正中開膛手傑克的下懷嗎？

加上什麼妖精跟鬼的，已經搞得人心惶惶了，根本沒有人想要再出動！海倫娜她們突然好想回家，寧可回位於倫敦的民宿！

惜風望著已經躍升的一輪明月，今天十五，夜晚天色會很明亮，不該擔心什麼。

「啊！啊啊！」小雪忽然叫了起來，指著天空慌張的張大嘴。「我知道了！」

「小雪！」惜風暗示她小聲點，什麼事都很誇張。

「今天晚上是月全蝕！」她興奮的笑了起來，「記得嗎？就是今天晚上，會有天文奇景的月、全、蝕。」

「不錯，總算有個人在注意天象。」雖然目的不同，「那妳知道月全蝕時月亮是什麼顏色嗎？」

「咦？」貝蒂咬了咬唇，「月全蝕就是月亮被遮住，所以應該是灰色的吧？看不見了！」

「黑色的嗎？被遮去，只剩一圈光暈。」海倫娜覺得不可能全黑。

阿米莎皺著眉，「在我們國家，那是很不吉利的象徵。」

惜風絞著雙手，她怎麼可能不知道月全蝕的意義與色澤？天象是死神教會她第二多的東西。

「月全蝕代表殺戮，妖、魔、精、怪都能橫行無阻，陽之力大減，死亡將是月全蝕中最普遍的代表。」她凝視著賀瀮焱，「月亮，是紅色的。」

以科學來說，是因為偏光造成的紅。

但是以死神的角度來說……祂總是笑著說：『世界上某個角落，某群人正用他們的血，染紅了月亮。』

今晚，會是誰的血？

第六章

愛丁堡

幾乎除了亞洲之外的國家，都相當注重生活品質，就算日照時間到很晚，多數店都是七八點就關了，過了用餐時間要找個東西吃是難上加難，通常夜晚的生活屬於咖啡廳或是酒吧。

所以 Peter 吃飯的餐館早關了，不過，幸好還是有亞洲人開的店，在國外只要看見過了營業時間仍在努力的店家，幾乎都是亞洲人開的。

貝蒂無意間發現了這間還在營業的小店，賣的雖然也是當地食物，可是開店的是亞洲人，惜風怎麼看都覺得是台灣人，一問之下才知道還真的是雲林人呢！

結果他們沒吃當地菜，因為老闆夫妻做了家常菜要自己吃，最後變成共享，讓他們吃到道地的台灣味，儘管只是簡單的飯跟菜，卻讓大家吃得津津有味……海倫娜跟阿米莎跟著一道吃，也不排斥。

只是這頓飯食之有味無味，就端看個人心境了。

賀濂焱看起來很從容，但惜風知道 BlackDog 的事給他很大的打擊，如果傳說為真，只要再看見兩次，他就會死亡。

但是他一樣很認真的吃，食量還不小，又加點了當地最出名的 Haggis，那是以碎羊肉及羊內臟為主食的一道菜，而且據說各家餐廳的作法還各有不同的特色！小雪也完全

是吃飽再說的類型，他們中午根本沒吃，都耗在警局裡，簡直快餓死了；惜風已經習慣生死關頭，她不擔心自己，擔心的是賀濡焱跟小雪。

如果她死就可以解決問題的話，那該有多好？

「有吃飽嗎？如果不夠我可以再下麵給你們吃！」嘴角有顆痣的中年婦人笑吟吟的擦了擦手，眉開眼笑的走了過來。

「吃飽了，謝謝！」小雪舔舔嘴角，一臉滿足。

「你們來玩啊？今天住這裡嗎？」丈夫好奇的走近，「很少人會在這裡待一夜呢！」非不得已，也沒人想再待一夜。

「我去一下化妝室。」海倫娜起身說著，其他女孩也跟進。

台灣老闆夫妻問了他們晚上住哪兒，小雪呵呵乾笑，說她不記得名字，把問題推給蘿莎；蘿莎一怔，所幸反應機智的臨時擠出個民宿名字，老闆夫妻果然熟悉，還順便誇一下那間民宿乾淨宜人。

住哪？今天晚上入睡，只怕就醒不來了。

賀濡焱正在掐指算著月全蝕何時開始，如果能在月全蝕開始前把事情都解決，就算額手稱慶了。

地上的小萌很愉快的吃著魚，惜風就是不懂，牠到底愛吃什麼東西啊？

養了三個月，買貓食給牠，吃了幾天就不吃了，吵著要吃靈魂，還為此跟死神大吵一架，因為死神掌管的靈魂要報到，不能分給牠吃；所以小萌就自個兒到外面吞食孤魂野鬼，死神又說這樣不合規定，還沒抓到的鬼怎能被吃了。

兩個人吵到被她趕出宿舍，要吵就到外面去吵，別來煩她。

結果小萌離家出走，一星期後回來，又說想吃魚，她得去買魚回來給牠吃，吃沒兩天又說膩了，想吃點別的。

怎麼比人還挑食？完全抓不到喜好啊！

「我也要去洗手間！」小雪擦擦嘴，拉著惜風一塊兒走。

也才三間廁所，女生卻全擠到裡頭去，惜風實在不懂小雪是在急什麼，木門一推，惜風一腳踩進廁所時，就發現不對勁了。

滑動腳底，有沙石。

她不動聲色的暗自深呼吸，長租客們正在低語討論著恐懼與不安，她們似乎不打算跟著走，想坐晚班的火車回倫敦。

她可以感受到她們的害怕，眼角都噙著淚水，畢竟開膛手傑克從倫敦追到愛丁堡，

自然讓她們慌亂！她們也不避開討論，直接跟小雪說明想法，趁現在還有車，她們打算等會兒出了餐廳就分道揚鑣。

其實跟小雪說根本沒用，她搞不清楚狀況，她只知道陪著惜風、跟著賀潚焱，長租客的事不太明白，更不知道賀潚焱覺得這三個長租客脫離不了關係。

廁所空了出來，惜風推了小雪一把，讓她先進去。

她則一步上前到洗手台邊，打開水龍頭洗洗手，抽過一旁的紙巾沾水，遲疑著要不要往眼皮上擦去。

只要擦去一邊的眼線，就能夠知道是誰出現了死相……

整間廁所都是死意，或許是她們的，或許不是……但是她感覺得到有大塊結晶石，這種特別的死意，她不能放過。

如果她們命定該亡，她是不能出手的，那麼預先知道又有什麼用呢？

惜風還在掙扎，小雪忽然打開門出來了。

這成功的阻止了她的猶豫，因為她無論如何都不會去看朋友的死相，寧可不知道朋友什麼時候會死。

輪到惜風進去，她低聲要小雪等她，並趁機把三個女生趕出去。

一進到廁所裡她就看見滿地的死意，隨身不離的包包裡有著透明收納盒，她小心翼翼的拾撿，今晚的死意是深紅色的大塊結晶，跟紅寶石一樣閃耀，跟血一般鮮紅。她刻意挑了一些特別的結晶放入盒中，甚至還看見寶藍色的，許久沒有拾撿過特別如寶石般的死意，這讓惜風有點興奮。

小雪果然技巧性的讓三個女生離開，請她們自己去跟賀濔焱談，然後看著惜風忙進忙出，拿著鑷子到每間廁所拾撿，她心裡非常有數。

「別跟我說。」她搖了搖頭，選擇到門外把風。

幾分鐘後，惜風掛著滿意的笑容走了出來，她一個字也不會說，小雪也完全不想知道原委，反正她又在撿什麼「死意」，代表有人會死；早上在閣樓時惜風也把握時間撿了一堆，她算見怪不怪了。

「我只想知道撿那個要幹嘛！」小雪眨眨眼。

「賄賂。」惜風簡單兩個字，小雪聽得很模糊；不過她不想追問，這種事越問越沒好事。

回到前頭，看來貝蒂已經跟賀濔焱說了她們的想法，他只是靜靜的瞅著她們，惜風知道他那種冰冷的眼神代表什麼意思。

既然妳們都不想自救，那他也沒有出手的必要。

賀灝焱本來就不是那種會主動產生責任義務感的類型，世界上的確沒有什麼事是應該的。

所以，他願意待她如此，已經讓她覺得很溫暖了。

果不其然，賀灝焱毫無感情的閃過一抹笑。「隨便妳們，妳們自己決定就好。」

「我如果跑去跟海倫娜說最好一起行動，妳覺得賀帥哥會不會罵我？」小雪悄悄的問惜風。

「不會。」惜風瞥了她一眼，「但我不保證海倫娜會不會責怪妳。」

在未明情況下，誰說了什麼、做了決定，都要負責任的。

既然海倫娜她們覺得身在愛丁堡危險性較高，所以萬一小雪進行勸說，那未來發生什麼事，就全是小雪的責任了。

人類很愛把過錯推到別人身上，對自己所犯的罪卻視而不見，熱心助人是美德，但沒有人保證過熱心不會導致惹人厭的下場。

自私會把好意扭曲，因為人只會選擇對自己有利的事情。

小雪望著惜風好幾秒，知道她的意思了，姊姊也有交代過，少吃飽撐著沒事做多管

閒事，等會兒什麼都推到她頭上就麻煩了。

聳了聳肩，聽天由命，至少是她們自己做的選擇。

惜風回到座位邊，大家分攤著餐費，只是當她重新坐回位子時，又感覺到腳底滿是滾滾死意！

嚇！惜風無法控制的往桌下看去，什麼時候多出這麼多東西的？這裡剛剛坐的就只有……她望向賀濕焱——不！她不能往壞處想，貝蒂她們都回來了，所以自然而然死意會跟著繼續釋出。

不會是賀濕焱的，絕對不會。

「謝謝！」老闆夫妻熱絡的招手，要他們小心慢走。

海倫娜向他們問了火車站的方向，讓他們不禁有點錯愕，畢竟幾分鐘前才談到要住哪間民宿，怎麼現在又要坐火車回去了。

「她們要回倫敦，我們要住下來。」小雪避免浪費時間，趕快上前解釋，賀帥哥的臉色已經很難看了。

「啊？你們不是一道的啊？」中年婦人顯得很困惑，「轉彎出去，那條大路直直走就能看見火車站了！你們的民宿也是同一個方向，只是到大路時要往左拐，那在舊城

區。」

「謝謝！」小雪認真的道著謝，賀瀮焱正在跟蘿莎商量要去愛丁堡的事。

「城堡？城堡已經關了！」老闆聽見了，趕緊阻止。「天都黑啦，明天早上才開放。」

賀瀮焱只是笑著不應，看來關不關對他來說不是什麼問題，今晚就是得進城堡一趟。

「你們別到那邊去晃啊，危險！」老闆娘語重心長的勸說著，「這裡晚上好兄弟不少，而且旁邊的山區千萬別亂走，夜晚容易迷路的。」

「是啊，半年前就有個學生從城堡邊的樓梯走下去，結果就……」老闆說到一半，嘆了口長氣。

從城堡邊的樓梯啊，賀瀮焱的笑意劃得更滿，真好，有起點了。

蘿莎從吃飯前就開始落淚，賀瀮焱已經懶得問她到底為什麼哭個不停了，中途小雪曾經問她是不是身體不舒服，她可以回家休息沒關係，她卻搖著頭說只是過敏。

騙誰啊！過敏可以哭到兩隻眼睛越來越腫，那是哭泣耶！

走到餐館外頭，氣溫驟降，盛夏的熱度消失，就算溫差很大，也不至於出現這樣的低溫；小雪輕輕朝空中呵了口氣，竟然呵出白煙。

惜風對這個溫度太習慣了，街道上罕有人煙，她張開陰陽眼，立刻瞧見塞滿整條山

路的死靈。

「為什麼起霧了……」阿米莎不安的望著霧氣，看不清楚的情況下，她們不敢貿然前進。

「那就在這邊分開了，再見。」賀濡焱直接撂下這句話，要蘿莎帶路，再回頭吆喝惜風她們跟上。

惜風主動上前任他牽握，小雪刻意放慢腳步，偷瞄著貝蒂她們的狀況，果然沒人敢動，她們皺眉哭泣，完全不知如何是好。

「走嘍！」她趕緊補上一句話，像是給她們一點提示。

於是，原本要回倫敦的女孩們選擇旋過腳跟，跟上了小雪，不得不跟著賀濡焱往前行了。

塞滿路上的死靈們個個眼神空泛，槁木死灰，跟攻擊過他們的類型不同，他們行屍走肉般的只顧著往前走，或停住不動，或坐在路邊，或是吊在路邊屋簷下晃動。

惜風跟賀濡焱看得一清二楚，只是難以相信數量會如此之多。

「蘿莎，妳說黑死病時曾把病患留在城裡等死，記得大概有多少人嗎？」

蘿莎沒有立即回答，面無表情的轉過頭。「貴族比較少人得到黑死病，而且只有貴

族移到新城區，其他平民幾乎都被留在這裡了。」

有病的、沒病的，疑似會被傳染的，無一倖免。

賀瀞焱在吃飯時用手機上網查了一下，也知道當年在舊城區慘死的人民，被遺棄在此的平民，貴族甚至封住他們的出路，斷水斷糧，完全不打算留活口。

所以死靈們才會是以病態的方式被餓死或是病死，腐朽超過百年，兩百年有餘的哀鳴與無助，始終在這裡徘徊；別說城堡裡，街上、山裡，整個舊城區當年應該是屍橫遍野吧！

他們很快的抵達了愛丁堡，莊嚴的城堡在黑暗中顯得陰森可怕，一想起這裡頭可能發生過的殘忍過往，連小雪都覺得渾身不對勁。

「我們得進去。」賀瀞焱望著緊閉的門，「小萌！」

『喵等等。』藍貓從惜風的包包裡鑽出頭來，躍下了石板地，牠一現身就讓附近的死靈呈現出敬畏驚恐，他們紛紛讓開一條路，讓高貴的俄羅斯藍貓往前行。

「這裡是我最後見到 Peter 的地方。」站在牆邊的蘿莎幽幽的說著，聲音哽咽無比。

「他說想去晃晃，晚上跟我在民宿會合。」

蘿莎說著，指向牆邊的一條小路。

趨前一看，可以看見一條窄小的石梯向下，下頭就是樹林及石子，山城總是建在山上，有許多這樣往下的樓梯，也不確定是接到哪兒。

但可以確定的是，Peter 沒有走在「道路上」，他脫離了石梯及石板路，踏上土地，進入了山區。

山明明不高，卻還是奪走了他的性命。

「先進城堡。」賀灝焱望著伸手不見五指的樓梯末端，還是堅持進去。

「那蘿莎帶我們到這裡就好了，謝謝妳。」惜風上前一步，準備拿出嚮導費給她。

賀灝焱眼尾瞟了蘿莎一眼，挑了抹笑，彷彿知道接下來會發生什麼事。

蘿莎竟伸出手擋下惜風的動作，搖了搖頭。「我要跟你們進去。」

「咦？」惜風可傻了，跟他們進去？正常人都不會想要在黑暗中，進入曾死過幾百人的城堡吧！

阿米莎已經衝上前問小雪到底怎麼回事？她們三個人也要進去這個關閉的城堡嗎？為什麼要進去，進去有什麼用？第一，這裡已經被封鎖了；第二，誰知道裡面有些什麼！

三個女孩快要歇斯底里了，那才是正常的反應吧？

蘿莎卻堅持一定要進去，她說有她的理由，沒有人懂。

的確很難理解，在所謂鬼怪橫行之處，應該要避之唯恐不及才是吧？小雪雞皮疙瘩都起來了，趕緊拿出手電筒預備，照著眼前城堡的大門，跟阿米莎溝通結束，看她們要跟著往前走，還是要在外面等她們都行。

這都是自由意志，跟有本事就自己走去車站、自己找民宿住的道理一樣，別拖著他們。

「妳要進去？」貝蒂不可思議。

「對呀！」小雪答得斬釘截鐵。

「為什麼？先不說能不能進去，你們要進去做什麼？！」

「因為有太多死靈跟 Peter 有關了，我們要去找到 Peter，把這件事解決。」而死靈、妖精、傳說跟惜風，將會有密切的關係。「開膛手傑克跟 Peter 之間有著極大的關係，找到事情的源頭，就可以知道 Peter 到底發生了什麼事！」

死靈們為什麼會從愛丁堡到倫敦？為什麼會回應召喚賴振傑的咒文？Peter 的靈魂呢？迷失在這裡？還是被傷害了？或是他真的就是開膛手傑克，把自己的死怪罪在友人身上？

而紅帽子跟 BlackDog 又是為什麼會現身？小雪現在更擔心的是，BlackDog 什麼時候

會再出現一次，賀帥哥不能看到三次啊！

到底為什麼要針對他們呢？她想不透！

每一次都想不到，日本京都行是她輾轉害到惜風，俄羅斯是因為惜風的特殊體質加上買了那個娃娃，這次呢？總不會因為他們亂租民宿而惹禍上身吧？這次是小萌主導的耶！

有事情，為什麼不能用說的啦！

喀噠、喀噠……惜風顫了一下身子，她全身的寒毛都站了起來，倏地轉頭往身後的濃霧裡看，聽見了沒有？有人往這裡來了！

小雪完全不敢回頭，她的指間瞬間發冷，這足音她再熟悉不過了……沒有人會比她更熟。

是那晚在民宿外頭，開膛手傑克的足音！

沉重的、鑲著鐵片的聲音，喀噠喀噠，大步跨越的聲音，就朝著他們而來！

這條坡路的終點就只有城堡，目標不可能是別處！

「是開膛手傑克！」小雪低聲的說著，「就是那個腳步聲！」

「咦？」海倫娜差點沒暈倒，嚇得花容失色，步步往城堡逼近！

「小萌！」賀濛焱立即看向前頭的貓，牠還在悠哉悠哉的跟門對望。

『喵～』小萌回首，用極其無辜的臉看著他，好像牠也不知道的樣子！

現在這座城堡是觀光勝地，夜晚大門深鎖，普通人要能進去的話，東西早就被搬光了。

『喵說好！』小萌忽然輕輕晃著尾巴，『喵可口的妖怪要給喵吃喔！』

哇，賀濛焱不可思議的瞪著牠，牠現在是在跟他談交換條件？深吸了一口氣，妖精之事也不在他在意的範圍，可以被吃掉比花時間收伏好，有什麼好猶豫的？一言為定！

才一答應，小萌向上一躍，輕巧的站在門把大鎖上，原本惜風以為牠會以自己的方法俐落的把鎖打開，沒想到牠只是站在上頭喵喵叫。

足音越來越近，霧卻越來越濃，海倫娜她們抱在一起都要貼上欄杆了，小雪拿著手電筒拚命晃照，惜風則望著身邊擁擠的死靈們，他們變得有點激動，似乎是因為小萌的叫聲。

眼神是無神，但是嘴上卻不停喊著：『HOME。』

死靈跟他們一路，全往城堡擠。

「那個人，」惜風忽然出聲，指向了足音的方向。「可以帶你們回家。」

嗯？小雪詫異的望向她，惜風現在在說什麼？

有一部分的死靈，停了下來，像是聽見了她的聲音一般。

「往這邊走來的那個人類，可以帶你們回家！」一字一字，惜風用清楚的英文說著。

可以帶他們回家啊——一大群死靈瞬間旋身，真的往坡路下走去，而其他不為所動的死靈們依然往城堡擠去，回應著小萌不止的貓叫聲。

死靈不需要憂心門的阻擋，他們輕而易舉就能穿透而入，這跟賀瀮焱原本設想的有些差距，他原本以為小萌是要讓這群傢伙把門撞開。

事後想想，那想法愚蠢極了，要是撞得開，這裡的門還會完好如初嗎？

可是死靈似乎是聽著小萌的叫聲，從牠身上穿過，也同時穿過那道大鎖，鎖開始由銀轉黑，像是死靈身上殘留著的怨氣與渴望，正在逐漸侵蝕著鎖。

遠方的腳步聲慢了下來，很像在觀察與遲疑，而聽見惜風聲音的死靈們朝著腳步聲的主人而去，最後那足音開始退後，遠離……

賀瀮焱無視於身後的狀況，看著鎖已經被腐蝕得差不多之際，拿出迴旋標，準確的朝鎖頭扔去。

黑夜中一聲鏗然巨響，鎖應聲而裂，不是因為迴旋標有多銳利，而是因為思鄉的情

緒。

鎖一掉，大家立刻回身衝上前去幫忙把門拉開，那門相當沉重，快嚇死的女生們使出吃奶的力氣猛拉，小雪也使勁幫忙，惜風則呆站在原地，注意著消失的足音。

死靈們聽見了她的聲音。

她蹙眉，為什麼他們聽得見？而且深信之？

「惜風！」小雪大喊著，她別傻站在那兒！

惜風深呼吸，決定暫時把這件事拋諸腦後，衝向大門，幫助賀瀮焱將門打開到人可以通過的大小。

死靈們也爭先恐後，賀瀮焱對他們搶道實在很不爽，被死靈穿過的感覺一點都不舒服，惱得他往後一瞪，突唸二字咒，把門外一整票死靈擊退到二十公尺外，堆疊成一座屍山。

「吵死了。」他低咒著，拍拍身上的陰氣，閃身入內。「進來了！」

他拉著惜風，惜風拉著小雪，小雪拉著阿米莎，一行人陸續進來，蘿莎最後一個鑽進來，那明明拉開的門卻突然又關了起來。

巨門闔上的聲音嚇了他們一跳，陣陣回音在這黑暗的堡內迴盪著。

「這裡讓我很不舒服。」小雪緊皺著眉，她的每一個毛細孔都在喊救命。

「幾百個人死在這裡，他們不會多愉快。」賀濔焱依然泰然自若，簡單的點燃打火機，引了好幾團火當照明。

空中剎那間多出五六團飛舞的火，看得貝蒂她們一愣一愣的，只見賀濔焱掌心輕快移動，火團悠然飛舞在大家的頭上以及左右，完全不需要拿火把，就照亮了四周。

「哇……」貝蒂忍不住讚嘆，這比魔術還威耶！

唯有小雪摸摸鼻子，把手電筒收起來。

「不管看到什麼，都不要回應，也不要鬆手。」賀濔焱交代著。

小雪趕緊義正詞嚴的翻譯，不是在跟她們開玩笑，手務必要牽牢！城堡這麼大，等會兒如果要逃命或什麼的，不小心走丟的話，誰也救不了誰。

阿米莎牽著貝蒂、再來是海倫娜，殿後的是蘿莎，她們聞言都嚇得哭出來，緊握著手，為了以防萬一，乾脆十指交扣。

「賴振傑。」他們往前走著，賀濔焱立刻召喚了賴振傑。「你在的話請你出來！如果你在這個城堡裡的話，請你現身！」

『嗚……嗚……』悲傷的哭聲開始從角落傳了出來，接著擴散到四面八方，有男

有女有老有少，那哭聲越來越響，彷彿就圍繞在他們左右。

堡內的氣溫很低，氣氛相當可怕，但是賀灦焱的火球卻非常溫暖，讓他們舉目所及都是橘色的火光，看不見什麼可怕的景象。

但這只是在前廳的幸運，越往深處走，情況就越不同。

惜風不知道是不是錯覺，她覺得賀灦焱好像往地下室走去，潮濕、黑暗的恐懼感不停襲來，踏在每一塊螺旋狀的石階往下走，她都覺得掠過的石牆上頭鑲著人類哭泣的臉龐。

天花板滴下的水，腳下踩到的水窪，都有著腥臭味。

『幫幫我……』冷不防的，他們一轉彎，前方一點鐘方向的角落就出現了一個抱著孩子的女人。

衣衫襤褸的她流著淚，朝他們伸長了手。『救救我的孩子，他沒病！沒有病！』

賀灦焱轉向左方，視而不見的繼續往前走。

『讓我走！放開我！』左手邊的牆邊，一個男人雙手被鐵銬吊著，赤裸又骨瘦如柴的上身搖晃著。『我沒有生病！我沒有染病！』

十二點鐘方向是另一扇窄小的拱門，賀灦焱的目標是那裡，兩旁的現象完全引不起

他的注意，甚至是分心。

但是對跟在後面的其他人來說，就沒那麼容易可以忽略了。惜風仔細看著抱著孩子的婦人，她伸出的手早已經被老鼠啃咬得殘缺不全，懷裡的嬰孩不動也不哭鬧，藉由移動的火光，可以看見嬰兒的臉頰已經被吃掉了。

左手邊的男人身體也開始產生變化，原本枯瘦的肋骨開始往內縮乾，他在他們面前逐漸變成一具乾屍，眼窩凹陷，嘴巴張大，像是極度渴望有水可以喝。

阿米莎嚇得直發抖，每個女孩都是，她們不敢看卻又一直望著，然後嚇得幾乎都快走不動了。

倏地從天花板倒立垂降下一個全身血紅的女孩，張開雙臂對著海倫娜哭喊著：『救救我啊！妳為什麼不幫我呢！』

「哇呀——」海倫娜突然驚恐的大聲尖叫，不自覺鬆開了手，用雙手揮打著垂降在她面前的女孩。

而此時右手邊的母親忽然一躍而起，雙眼兇狠的瞪向後方，左邊的男人使勁扯斷自己的手肘，也往海倫娜奔了過去！

「灊焱！」惜風大聲喊著，因為扣除剛剛求救的死靈外，這空間出現了越來越多那

時被困在這裡的靈魂了！

「跑！」賀瀟焱大聲喊著，往前一扯，惜風跟著邁開步伐往前跑，小雪也立即跟上，後頭的阿米莎掌心已空，說什麼也沒膽子回頭，只好跟著往前跑！

海倫娜見到他們往前衝，伸手卻來不及握住阿米莎的手！「阿米莎！」

死靈們急速的朝他們走了過來，貝蒂慌亂的望著眼前的這一幕，這些是鬼，是鬼！

「放開她！」最後面的蘿莎突然出聲。

貝蒂愣了一下，但是沒有遲疑的，使勁甩開海倫娜緊扣的手！

海倫娜回首錯愕的望著貝蒂，火球跟著賀瀟焱的遠去也即將往前飛舞，貝蒂滿臉淚痕哭著搖頭，蘿莎瞬間跟她換了位置，拉著貝蒂掠過了海倫娜，往前要追上賀瀟焱。

「她要我鬆手的！不是我的錯！」貝蒂被蘿莎拉著往前奔跑時，只能對海倫娜喊出最後一句話！

蘿莎用騰出來的手推開圍上的死靈，貝蒂也驚慌失措的亂揮亂打，她們拔腿狂奔的追上，還可以聽見賀瀟焱在前方高喊著「彎腰、前面樓梯、轉彎」等指令。

呆愣且被包圍的海倫娜恐懼的後退，緊閉上雙眼再睜開，死靈們沒有消失，那不是幻覺。

四周陷入一片黑暗，其他人和火球已離她而去，這裡只剩下她。

『幫幫我們吧？我們好渴……』抱著孩子的母親咧開猙獰的笑容，『也好餓喔——』

『有肉可以吃了……』有月光從高處的窗格透了進來，火球已經全然消失在這個室內，海倫娜歇斯底里的尖叫著，吊在天花板的女孩持續朝她逼近，還有著數不清的死靈渴望著她的血肉！

「救命！救命——」

她發狂的喊著，旋身往後跑，只要跑出城堡就好了吧！他們進來後沒走多遠，她還記得要怎麼回到大門那！

『抓住她！』

女人伸出手抓住海倫娜的衣服，撕下了衣裳，也準確的在她背上劃出血痕。

她沒命的狂奔，一個、兩個彎，兩層樓梯……這時候黑暗對她來說都已經不算什麼，人在要保命時，潛能會完全被激發出來。

衝上一樓時，她突然感覺到後頭的追逐消失了！

眼看著大門就在眼前，剛剛那些渴求著食物的死靈們，竟然完全沒有追上？就連現

在這寬廣的大廳中，也沒有任何的鬼影……

為什麼？他們在懼怕什麼嗎？

海倫娜涕泗縱橫，她才不管那些鬼怕什麼，她衝向大門，無論如何就是要離開這個鬼地方——喀噠。

咦？她瞪大了眼睛，手還握在門把上，身後再度傳來——喀噠的足音。

海倫娜緩緩回首，月光透過大門上的窗格照射進來，她只看見一個巨大的人影，還有他手上那把小而巧的尖刀。

手術刀。

「哇呀——」

第七章

死亡地窖

「哇呀——啊啊——」遠遠的，聲音從頭頂上傳了過來。

惜風忍不住仰起頭，海倫娜的尖叫聲跟鐘聲一樣，在這城堡裡迴盪不止。

聽到慘叫聲，就知道海倫娜出事了，她鬆開雙手，果然立刻被死靈圍住，賀濂燚的火層結界對她的保護也即刻失效，從她鬆開的那瞬間起，賀濂燚就不抱持她能存活的希望——除非是他母親那種命格，否則要活下來很難。

「呀——呀呀——」不絕於耳的尖叫聲持續傳來，既淒厲又可怕，幾乎沒有間斷。

這讓惜風覺得不舒服，海倫娜發生了什麼事？怎麼會有這麼漫長的痛苦？

「死靈在進行凌虐嗎？」小雪也問了，海倫娜的慘叫太久了。

「不知道。」賀濂燚淡淡的回應著，他們腳步已經緩下，穿過像地牢的地方，又是一道迴旋梯。

「等等——請等一下！」

遠遠的，傳來蘿莎急促的叫喚聲，但是賀濂燚沒有停下腳步，反而更使力拽著惜風往下走，她跟小雪都很遲疑，阿米莎根本已經不知道自己在做什麼，想回頭又不敢……

「濂燚，是蘿莎！」惜風低嚷著。

「會追上就會追上，前面的人不能為了不確定的人事物停下腳步。」賀濂燚堅決反

對停留，這滿坑滿谷的死靈，她們不該瞧不見。

若不是他的火球在側，哪有這麼順利能抵達下層？

『喵贊成。』最前頭的小萌根本不曾緩下，迅速的帶著大家往前。

惜風不安的頻頻回首，明明聽見蘿莎的聲音，為什麼卻沒有看到人呢？她們到底在哪裡，海倫娜的尖叫聲越來越模糊，不知道是因為他們越來越遠，還是因為她步向了死亡。

如果死了也好，死亡不可怕，痛苦的是被凌虐的過程。

「這裡陰氣好重……」惜風開口說著，龐大的壓力壓得她快喘不過氣了。

「地下監牢是亂葬崗。」賀濔焱小心翼翼的走著，「樓梯很窄，小心走，別滑倒了。」

惜風往後傳話，小雪再往後，阿米莎抽抽噎噎的應著，突然間一隻手握住了她的手，惹得她一陣尖叫！

「哇！」

「怎麼了？」小雪趕緊回首，卻愣了一下。「……蘿莎？貝蒂！」

惜風仍在前進，使勁一拉，小雪差點往下摔去，但所幸她反應機靈的維持平衡，就算匆匆一瞥還是沒看錯，那真的是失散的人！

「蘿莎跟貝蒂回來了！」她開心的往前喊著。

「手有溫度嗎？」賀濔焱在前頭只淡淡撂了一句。

阿米莎驚魂未定，被他這麼一問更驚嚇，但是溫度自掌心漫開，她用力閉上眼擠出淚水，與身後的蘿莎改成十指交握。

「YES。」她肯定的說著，放鬆與害怕的淚水同時落下。

蘿莎帶著貝蒂平安的追上他們，惜風也鬆了一口氣，所以慘叫聲僅來自於一人，就是海倫娜。

只不過……從聽見蘿莎的聲音到她們追上，怎麼好像隔了一段不小的距離？他們至少繞過了好幾個廳，往下又走了……嚇！

由於賀濔焱的戛然止步，惜風差點撞上他，小雪則直接撞上惜風，所幸賀濔焱身子夠穩當，才沒讓大家一塊兒往下跌。

看樣子，這裡是城堡的最底層了。

不說陰暗至極，沒有窗子原本就是常態，城堡的最下層原本就是在地面以下，哪來的窗戶與光線？

現在除了賀濔焱的火團之外，沒有任何光源！

而別說在惜風的眼裡，就算小雪也一樣，她清清楚楚的看見下樓「淹」滿了人！

明明還有四階才到地面，但是死靈如海，滿滿的塞在這灰暗的地窖中，幾乎一點空隙都沒有，空氣中傳來腐朽味，還和著奇異的味道，事到如今就能明白，是老鼠的味道。

「那些是靈體，我們可以穿過去的。」賀瀮焱冷靜的交代著，「千萬、千萬不要鬆手，也不要驚擾他們。」

死靈們活在自己的意識之中，不要激起他們對於「侵入」的反應都能相安無事；他把惜風的手握得更緊，她不忍的蹙著眉，因為她還聽得見在地窖裡不斷傳來的哭泣聲、辱罵聲與孩子天真的問語。

『媽媽，我們什麼時候可以出去？』

『媽咪，我好想喝水喔！』

阿米莎全身都在發抖，她覺得好噁心，味道令人想吐，但是她不敢鬆手去掩鼻摀嘴，只能皺著五官，任淚水不停的滴落。

「淚水也是水，不要有任何引起他們殺機的媒介。」賀瀮焱緩緩的說著，「這些人是病死、渴死、餓死，還有……」

還有？賀瀮焱沒說下去，但是後面根本不需要詳加解釋。

當所有人都被關在同一個地方，面臨無水無食物的困境時，就會活生生上演所謂的「弱肉強食」。

弱小的會被殺掉，分食。

這不是殘忍，而是強烈的求生意志，每個人都想活下來，就會展開一場自然的淘汰賽。

真正殘忍的，是將人民關在這裡的貴族們，但是他們會義正詞嚴的說這些都是染上黑死病、該死的人，怎麼能讓他們繼續感染其他人。

說穿了，都是為了求生，自私的求生讓人們無法去思考更周延的方式……或是說不願去思考來得更為貼切。

阿米莎聞言嚇得噤聲，最後頭的貝蒂趕緊拭去淚水，這些人是渴死的，所以不能流淚，因為淚水會吸引他們瘋狂的搶水。

只是淚水啊……她們越想越覺得可怕，顫抖著的身子幾乎不聽使喚，到底為什麼會陷入這種絕境？身陷愛丁堡裡，外有開膛手傑克，內有久遠的死靈，生命隨時隨地都有可能遭受威脅。

「為什麼……為什麼我們會遇上這種事……」阿米莎忍不住哭喊著，「我明明沒有

傷害任何人啊！」

「我也是，我只是在英國念書……」貝蒂抽抽噎噎。

小雪難過的回首，她當然不會接那種「我只是來玩的」這種蠢話。

「妳們已經很好了耶，至少遇到我們啊！要不然說不定早就都被開膛手傑克殺掉了。」她認真的望進阿米莎的眼裡，「只要聽賀帥哥的話，應該就不會有事！」

惜風倒抽一口氣，瞪大眼回首看著小雪，她那是安慰的話語嗎？天哪！

賀濔焱搖了搖頭，小雪的思路跟一般人不太一樣，只看好的那面是不錯啦，但是這種情況下誰會聽她的啊！

他之所以不動，是因為小萌在前頭開路，牠只是搖擺著尾巴往前走去，死靈們就會自動讓出一條路；他過去不知道原來死神之貓有這麼大的作用，就算不若死神般駭人，卻有著一定的能力。

『喵小心喔！這裡很不好！』

廢話，屍橫遍野的地方會有多好！

「賴振傑。」賀濔焱往下走了一步，就開始喊。「我找賴振傑，我知道你在這裡，請出來。」

小萌搖搖擺擺，大刺刺的繼續往前走。

只是牠一走過，死靈們又開始匯集，望著從樓上走下來的賀瀮焱一行人。

這真的是種很奇妙的感覺。

當惜風踏上地面時，閉上雙眼，可以感受到自己雙腳踏在實地上的感覺，旁邊什麼都沒有，也沒踩到任何東西。

可是睜開眼，就可以看見自己踩過了一個嬰孩，穿過了一個男子，身體都已經腐爛了，但還是睜大一雙眼，眨巴眨巴的望著她。

「嗚……」阿米莎根本踏不下去，因為她不敢穿過這片屍海啊！

『給我食物吧……請給我麵包吧……』一個女人苦苦哀求著阿米莎，伸手竟能抓住她的衣角。

「不要理他們！」小雪現在不敢分心，只能亦步亦趨的跟著惜風走。「往前就是了。」

夾在中間的蘿莎面無表情，她不停的抽泣，避免淚水滴落，但是沒有發抖，走得也比貝蒂穩健。

「賴振傑！請回應我的召喚！」賀瀮焱有點不耐煩了，明明應該在這裡的！

「……Peter？」惜風驀地出聲，「Peter！Peter Lai！Are you here？」

她只是想，說英文或許這票死靈會比較聽得懂。

『唔……喔喔喔喔！』突然間，有一個死靈看向了惜風，然後許多雙眼睛都倏地轉過頭來。『Peter！Peter！Peter！Peter——』

每隻鬼都大喊著Peter的名字，突然引起很大的共鳴，聲音大到幾乎響徹雲霄，惜風得強忍著才能克制住想伸手摀耳的衝動。

緊接著每一個死靈忽然相連在一起了！

那是賀瀟焱從未看過的詭異狀況，最靠近他的男人瞪大眼渴望的看著他，後頭的女人身軀忽然與之相連，腐敗的肉體瞬間相融得毫無痕跡，然後是女人旁邊的孩子，一個接連一個，眼前的靈體正在進行大融合！

『Peter！Peter！』聲音越來越大，『I——am——Peter！』

他們都是Peter？惜風瞪大了雙眼，這是什麼跟什麼！

眼看著屍屍相連到天邊，連賀瀟焱都詫異不已，這到底是怎麼回事！

「這裡沒有一個是賴振傑吧！」小雪大喊起來，「為什麼這裡一大票都自以為是Peter啊！」

「靈體連結嗎？賴振傑的靈魂也黏在一起了嗎？」惜風單就眼前的情況想著，「潚焱，他們之後想做什麼？」

「想……」回應他的召喚！

不行！賀潚焱回首看著惜風，他必須把召喚切斷才行！

「我必須鬆手，妳們留神點，不要動搖！不要離開原地！」他往後瞥了一眼，「蘿莎，妳能穩住嗎？」

蘿莎？小雪錯愕的順著他的眼神往後望，他問一個只會哭的女生做什麼啦！

蘿莎歪著頭，沒有點頭也沒有搖頭。

賀潚焱抽回了手，立刻抽出長串佛珠，在空中甩動後在手掌上繞了三圈，紅色的靈體及眾多白色鬼魂再次從他體內竄出，飄浮在空中望著眼下這一大片發狂的死靈們。

「保護惜風她們——」賀潚焱另一手拿出符紙，又瞄了上方一眼。「我指惜風跟小雪。」

只有惜風跟小雪。

白色鬼影紛紛圍繞過來，惜風這才能看清楚這些鬼影的樣子，都是好端端的人的模樣，只不過是半透明而已。

紅色的鬼影沒有下來，她像個警示器，戒慎恐懼的張望四周，惜風看過她幾次，她只守著賀濔焱，記得他說過，那是「乾媽」。

「他在做什麼？為什麼鬆手了！」阿米莎慌亂的問著，望著火球變得紊亂，她益發慌張。

「出了狀況，他必須解決……」小雪趕緊大聲安撫，「妳不要急！冷靜一點！」

「什麼狀況……天哪！這些鬼在連結，他們會變成更大更可怕的——」貝蒂尖叫出聲，「天哪！不要碰我——」

「哇啊！」尖叫像會傳染一樣，阿米莎也跟著放聲大叫，嚇得魂飛魄散的她們，除了尖叫外，積滿眼眶的淚水就這麼擠了出來。

望著大滴淚水從阿米莎的眼角滑落，小雪立刻拉高與她相扣的右手盛接，淚水灑在她的手背上，還濺出一小灘的水花。

「小雪！」惜風失聲喊著，她是救了這滴淚水，但最後面的貝蒂也嚇哭了啊！

滴落的淚水就這麼啪答的落了下來，圍繞著他們的死靈突然齊聲倒抽了一口氣，好大聲的說著：『喝——』

連小雪都不敢妄動，眼尾往左右兩方掃去，因為在她手背齊高處，有兩團死靈瞪大

了凸目雙眼，張大了嘴，飢渴難耐的瞪著那小小的水花……嚥了口口水。

『水——』

暴吼聲傳來，電光石火間，蘿莎竟鬆開與左右兩邊女孩交握的雙手！

賀濂焱無法顧及這裡，少數的亡靈他能解決，但這裡是亡靈喪生地，聚集了兩百多年的陰與怨，加上有不知名的力量在運作，連靈體相連這種事都會發生了！

嘖！他正唸著替換咒，雙指在符上比劃書寫，符紙上冒出火花，順著他手指畫的形狀，正逐漸燒出一個人形。

沒有空去管旁邊的混亂！

蘿莎一甩開阿米莎，阿米莎就瘋狂的想推開死靈們，一併將小雪的手甩開！小雪旋了個身，所到之處讓死靈們欲往前又退縮，她身上的護身符起了作用，惜風倒是沒亂跑亂動，她身上也有賀濂焱給的護身符，暫時可以抵擋圍繞在她身邊那些張牙舞爪的傢伙。

水的來源在後方，所以死靈的注意力沒有集中在她們身上，他們全數湧向的是貝蒂！

「不不！哇——走開走開！」貝蒂往前竄逃，立刻又被大批死靈攔下，她慌亂失措，完全忘記一開始賀濂焱就說過——他們都是可以穿過去的！

「不要亂，穿過去就好了，妳越怕他們，他們就越能壓制妳！」小雪大聲喊著，突然覺得腳好沉重，低首瞧去，一堆小孩竟拽著她的腳。

他們張大了嘴，眼看著就要咬下！

「這又不是肯德基！」小雪大喝一聲，伸腳踢掉他們，這才發現……

她穿不過去？

「他們已經意識到我們是侵入者，已經無法穿透他們了！」蘿莎放聲對著賀濲焱大喊，「我們必須立刻離開，怨念會傳開的！」

小雪才在發怔，孩子們再度抓住她的腳，露出利齒，餓了兩百年的他們，就等著大快朵頤了！

「小雪，閃開！」惜風的聲音由後傳來，一串十字鍊拋了過來，剛好纏繞在小雪的小腿上，綻開白色光芒，嚇得小鬼們不斷往後退！

『Peter Lai！』在賀濲焱面前的死靈們開始試著站起，他們成了龐然大物，融成一巨首、一巨身，朝著賀濲焱過去要回應那召喚。『HOME！HOME！』

紅影咻的衝到賀濲焱面前，隻手一揮，竟像把紅色鐮刀產生風壓，直接劈開了那融合中的死靈。

「呀——救命！救命！」貝蒂被往後拖去，她往前掙扎未果，整隻手都已經鮮血淋漓。

蘿莎拖過阿米莎，她驚恐的唸著印度教的佛經，似乎有些作用，死靈們畏懼那虔誠的力量。

賀瀟焱睜眼，眼下的符紙終於整張燒了起來，燒出一個完整的人形後，緩緩的飄落下來；他將符紙往另一頭掃去，死靈們突然爭先恐後的往前衝，撲向那張紙。

「那是我的分身，他們會去回應那個玩意兒。」賀瀟焱簡單交代，「小萌！帶路！」

不是所有死靈都只看著賀瀟焱的符紙分身，還有一大部分是扯著貝蒂不放，另一部分則是伺機襲向惜風跟小雪，現在他們完全穿不過這些死靈，因為他們從沉溺於兩百年前的普通死靈，變成有所目標的惡靈了！

飢渴的、想回家的、欲自由的，這裡的人類幾乎都給了他們希望。

「不要扔下我！」貝蒂尖聲嘶吼，她卻只是越來越被往死靈堆裡拖去，痛苦的哀號來自死靈的啃咬，身體的扭曲來自被拉扯搶奪的爭執。「拜託你們！」

小萌綻出銀藍色的光芒，出現在這一大片死窖的偏遠角落，賀瀟焱沒有理會求救的貝蒂，只是一把拉過惜風，火團對死靈只有暫時逼退的作用，不是業火，就燒不了他們。

小雪不忍的望著貝蒂，不過眼下這個狀況，誰也救不了她！她轉身跟上，一邊打開側背包，姊姊給她的秘密武器終於可以派上用場了！

「我們走吧！」蘿莎拉著阿米莎也往前走，小雪留意到蘿莎即使穿著綠色長裙，這麼明顯的衣著，卻完全不會被死靈絆住！

為什麼？因為他們沒有一個人伸手去抓攫她啊！

「小雪！不要發呆！」惜風大喝一聲，讓小雪回了神，她才轉回身要追上，一個只剩半邊臉有肌膚的女人兇狠的撲了過來。

嚇！小雪握緊秘密武器，就要擊上——蘿莎卻一個箭步上前，橫著手臂擋在小雪面前，那死靈明顯錯愕了兩秒，而蘿莎即刻使勁揮臂，將死靈打退。

「妳……」小雪說不上話，「謝謝！」

「走了！」蘿莎皺眉，她推了小雪一把。

小萌不愧是特別的貓，在這看起來封閉的地窖中，還是有窄小的通道，這是後來才挖開的，當年被關在地底的人們根本無路可去，整條密道都是被封死的！

但是這密道只有半人高啊！賀濡焱低咒一聲，讓惜風先行進入，催促著小雪快點跟上。

「啊啊——」貝蒂還在努力的要逃出生天，她費盡力氣的掙脫，終於扭動身子往前。

「等等我！等——」

剎——一隻手臂被撕扯開，飛上了天，飢餓的死靈們瘋狂湧上，瞬間那隻手臂就被吞噬分解殆盡。

貝蒂在原地搖搖晃晃，失去的左手斷口不斷有鮮血噴濺出來，她含淚的雙眼望著賀濎焱，好想問一句……為什麼？

眼淚滑下臉龐，突地一根腐爛發黑的舌頭舔上了她的臉。

『給我水……給我水！』小小的孩子曾幾何時撲上了貝蒂的身子，張口咬出她的眼珠子。

「誰也無能為力。」賀濎焱說著，拉過了小雪。「進去吧！」

小雪咬著唇忍住淚，彎身走進小小的洞穴，阿米莎跟著一邊唸著佛號一邊往裡頭走去，他們進入的是更加窒礙難行的地方，可是除此之外，沒有別條路了。

外頭只剩下賀濎焱跟蘿莎，他挑了挑眉。「妳能阻止這群人多久？」

「幾分鐘，至少讓我們離開。」她滴下淚水，卻無人問津。

「麻煩妳了。」他說完，轉身就彎腰往密道裡鑽。

蘿莎站在原地，看著貝蒂的頭在空中被爭奪，像是一場籃球賽，她的屍身已經見骨，這裡的死靈不是壞人，他們只是很餓。

好餓又好渴，被關在不見天日的地方，被老鼠啃食、被同類食用，只想問著：為什麼？為什麼把他們關在這裡？為什麼不讓他們回家？

她可憐這些亡靈們，所以剛剛不是保護小雪，而是擔心小雪手上的東西傷著他們。

另一個角落紙屑四散，賀濡焱的分身承載著龐大死靈的壓力，他們不解困惑的望著那被拆解的人體。『I am Peter……Home……。』

家，是他們唯一的想望。

喀嗟——蘿莎淩厲的眼神往東北方的漆黑石梯望去，有人下樓來了。

她深深的、深深的，非常深遠的深吸了一口氣、兩口氣、三口氣，一直到丹田裡去，才猛然的放聲尖叫！

「啊啊啊——」

第八章

未止的殺戮

尖銳刺耳的聲音猛然爆發，小雪耳朵一疼，禁不住遮住耳朵，一時間頭暈目眩，直接摔倒在密道裡。

惜風不穩的往前仆倒，阿米莎的尖叫聲與外頭那叫聲比起來，根本是小小小巫見大巫！最後頭的賀濡焱雙耳有紅衣靈體護住，她只是皺著眉，表明不喜歡那種聲音。

「那、那是什麼！」小雪驚駭的問著，一股熱液從她耳中流出。

「妳流血了！」惜風指著小雪的耳朵。

「我……」她伸手去摀，果然沾滿一掌心的血。「可能耳朵受傷了。」

那不是人類的叫聲吧？好高的分貝，又像是從遙遠的地方傳來的……連惜風都覺得不舒服，全身不禁打著冷顫。

『喵快點！』小萌在很遠的前頭，惜風得靠著藍光才能跟上牠。

阿米莎手腳發軟的半爬半走，剛剛那聲音她聽過，像是海豚的叫聲，但是更尖銳、更刺耳，分貝更加驚人。

「啊……」惜風聽見了小萌穿過樹葉的沙沙聲，興奮的伸手往前，果然觸及了樹葉！她撥開樹枝，外頭的月光立刻照了進來，是出口！

出去之後她的腳步依然不穩，而小雪根本是跌跌撞撞爬出來的，她的平衡受到影響，

走沒兩步便趴在地上，阿米莎是被賀瀟焱推著走出來的，她不是因為半規管受傷而站不起來，而是被貝蒂的死亡奪去了心神。

「大家都還好嗎？」賀瀟焱是唯一最正常的人，他探向惜風，她不支的軟腳，那可怕的尖叫聲還在她耳邊迴盪。

「剛剛那是什麼？」她虛弱的問著。

賀瀟焱沒立刻回答，看著最後鑽出的蘿莎，她正一臉哀悽。「不知道。」

「貝蒂死了對吧？」阿米莎發抖著問道，「大家都死了！我也會死對不對！對不對！」

惜風悄悄瞟著她，答案可能是。

因為她在洗手間，撿到了三種不同顏色的死意，可能分別屬於她們三個人。

「Peter 的靈魂是怎麼回事？」小雪拿面紙擦乾血跡，「叫著賴振傑的名字，為什麼所有的死靈都會回應？真有靈魂相融這種事嗎？」

「靈界什麼事都有可能發生，但是相連的靈魂……除非是自願的。」賀瀟焱覺得最棘手的就是這件事，「賴振傑在死前絕對發生過什麼事，讓他自願跟其他靈體融合。」

「自願是發自內心的自願，還是被脅迫的自願？」惜風幽幽的問著，她整個人靠著

賀濡焱，卻無法安心。

「只要嘴巴說出來，不管內心如何，就能成功。」賀濡焱輕柔的摟著她，「這其中還有變故，不是我們想的那麼單純。」

「好危險的感覺……」惜風幽幽的望著在一旁舔身體的小萌，「小萌，這跟我有關嗎？」

『喵有關，絕對有關。』小萌那雙眼在夜裡幾乎閃閃發光，『喵得走到底，才能得到答案。』

「那我一個人去吧！」惜風輕抵著賀濡焱，直起身子。「死靈不會找賀濡焱或是小雪麻煩，他是因為我才會被扯進這件事的！」

惜風說著，不由得望向阿米莎。

至於她，只怕跟 Peter 扯上，就已經注定了死亡的命運。

「為什麼那樣看我？妳剛剛那樣看我是什麼意思！」阿米莎激動的跳了起來，「你們想犧牲我對不對！是妳故意把我們害到這個地步的，不跟你們進城堡就沒事、不，早知道我們就——」

「是 Peter 害妳們的。」坐在地上的小雪很無力，「Peter 正在殺死他在英國認識的

朋友，妳是瞎子嗎？」

阿米莎怔愣住，兩秒後潸然淚下，頹然跪在地上，放聲大哭起來。

小雪只是說出實情，她好不舒服，拜託不要在那邊故意忽略事實，又搞歇斯底里這一套。

「妳真的很直。」賀濂焱有點不耐，「她就是故意逃避現實，妳還提醒她？」

「不然咧，任她鬼吼鬼叫，把開膛手傑克都引來？」小雪噘起嘴，「要理性一點，先解決事情再說！」

「對，我跟阿米莎走下去！」惜風站直了身子，「賀濂焱，你帶小雪離開，快點，那些死靈不會對你們怎麼樣的！」

賀濂焱皺起眉，「妳——知不知道自己在說什麼？」

「我再清楚不過了！」惜風一把推開他，「我不會死，我是死神的女人，這應該是我要去尋找的答案，我不能再拖累任何人！」

她看向小雪，撇了頭，要她起身快點離開。

葛宇雪鼓起腮幫子，真不知道惜風是真暈了還是裝傻，都已經走到這個地步了，她才說不想拖累任何人？

有的人是自願被拖累的啊！這什麼情況啊！

她早知道多少會有危險，都已經自願跟著到英國來了，惜風還在說什麼蠢話！葛宇雪聞言反而非常不高興，姊姊給她免費券時就說過了，出國像在玩命，但玩命要玩得有意義，就是得為朋友兩肋插刀！

她可是全聽進去了，老姊一直都是她的偶像耶！

「走！」她往阿米莎的方向退去，雙眼晶亮的望著眼前的三個人，彷彿決心已定。

賀濲焱雙眼瞇了起來，怒意翻騰著。「都已經走到這個地步了，妳想把我甩開？妳以為從日本到現在我都是白痴嗎？」

「我是為了你們的安全設想！」為什麼吼她！這條路甚至不是她自願走的啊！「你們會受傷、會死，但是——我不會死！我不會死！」

賀濲焱大步的朝惜風走過去，全身散發的怒氣讓惜風有些錯愕，她步步後退，她沒有錯對吧？小萌！這件事她自己去做就可以了，不必拖別人下水對吧！

一旁的藍貓懶洋洋的用尾巴搔著頭，是這樣沒錯啦，但是呢——

他大手一伸就扣住了她的臂膀，惜風輕哎一聲，下一秒就被扯進了他的懷裡！

她連驚叫的時間都沒有，只感到有力的雙臂緊緊的環住她。

好閃。坐在地上的小雪趕緊遮起眼，下次應該多戴一副墨鏡才對，眼睛比較不會受傷。

小雪縮起雙膝吐了吐舌，雙手托腮望向那無人可侵入的氛圍，惜風真的有點白目，賀帥哥都已經為她出生入死到這個地步了，很多事情其實已經不言而喻了。

就算、就算賀帥哥一直沒有進一步的動作，那也是他自己看不清罷了。

旁觀者清，她怎麼看都覺得他們之間早就有斬不斷的緣分。

蘿莎望著相擁的兩人，悲傷之情更是溢於言表，正首後望著地面，淚如雨下，小雪好生佩服，她實在太會哭了。

「我不會……再放棄任何人。」賀瀮燚緊緊擁著惜風，好一會兒才脫口而出。

惜風闔上雙眼，心裡覺得悲痛。「我不是她。」

「我知道。」他沉著聲，「她已經挫骨揚灰，再也不存在了……妳不是她，我比誰都清楚。」

惜風不想掙開他的懷抱，只是蹙起眉，覺得心糾結成一團。

「但是我不會重蹈覆轍，既然選擇管定妳的事，我就不會後悔。」他的下巴輕抵著她的頭，從身形到髮香，她都跟「她」截然不同。

「我怕我會後悔。」她幽幽的說著，「你像是在自殺。」

當死神發現一切，祂一定會選擇在她面前殘忍的殺死賀濂焱，這是她最害怕的事。就算被賀濂焱親手燒死，都沒有比看著他死來得痛苦。

「呵……」他竟然笑出聲來，「這妳就不必擔心了。」

「嗯……哈囉！我很不想打擾你們，但是我們實在不能花太多時間放閃光！」小雪實在很不想煞風景，但是……「我們應該先離開這裡，到安全點的地方才對。」

惜風尷尬的輕輕推開賀濂焱，她不知道自己已經緋紅了臉，只是用左顧右盼來分散注意力，他們現在的確不宜陷入莫名的情感當中，必須搞清楚人在……山上，一旁都是雜草枯樹與石塊。

哎呀……惜風環顧四周一圈，仰首望去，可以瞧見不遠處高高在上的城堡！

他們在山裡了！

「Peter 走的山路！」賀濂焱指向遠方的樓梯，就是蘿莎說過，最後見到 Peter 的地方。

「閉嘴！閉嘴！你們在說什麼！」阿米莎情緒到了崩潰邊緣，完全無法忍受他們用中文交談！「用英文講！你們在設計我什麼對不對！一切都是從你們來之後開始的！」

「妳才閉嘴，我們在談我們的事。」小雪不客氣的站起身，使用標準的英文。「妳

們三個是被 Peter 拖下水的，跟我們無關。」

「Peter，Peter，why？」阿米莎根本完全不明白，其他人也尚未了解，就已經死於非命了。

小雪聳了聳肩，問她，她要問誰啊！她只是壓壓耳朵，幸好沒什麼大礙。

「那就走 Peter 走的路吧！」賀濰焱做了決定，望向蘿莎。

蘿莎淒楚一笑，點了點頭，卻突然一怔的往密道深處看去！惜風皺起眉，看蘿莎的臉色丕變，那端有什麼嗎？

「死靈追過來了嗎？」

「他們出不來的，靈魂是被禁錮在裡面的……」蘿莎肯定的說著，「走過來的另有其人……」

喀噠喀噠，回音聲響，靴底鑲著鐵片，發出緩慢沉重的足音。

「開膛手傑克！」小雪聽到了，瞬間，她的活動力立刻恢復。「那傢伙到底是什麼？為什麼窮追不捨？」

一聽見開膛手傑克這五個字，阿米莎立刻歇斯底里，說著一長串沒人聽得懂的母語，發狂的喊著。

雖然他們現在應該到安全的地方去，但是事情未了，小萌已經奔到前頭，回首等待他們的前進，他們必須循著 Peter 最後的足跡向前，直到找到小萌想表達的東西為止。

冷風颼颼，颳著枯樹雜草沙沙作響，遠處的足音令人膽顫心驚，雜草斜映在土地上的影子像是張牙舞爪的鬼怪。

但這些，都不比突然黯淡的月光令人膽寒。

賀濔焱忽然蹙眉，倏而仰首，望向霧後的月亮。

盈盈滿月，銀光爍爍，此時卻虧缺一角，細微但是讓銀盤不再圓滿。

月全蝕，開始了。

「蘿莎！」賀濔焱大喝一聲，蘿莎立刻撩起綠色長裙，往山的深處直奔。

他緊緊握著惜風的手，幾乎什麼都不必再說了，惜風有一種如果現在就死在這裡，都能感受到幸福的錯覺。

時間停在這一刻，不要前進；也不要回到台灣，不要回到那個死神的懷抱，那該有多好？

可是，祂是否就是想到這一點，才給了她不死之身？

一個連自我了斷都做不到的人，完全沒有自由意志可言！

小雪起步時有點暈眩，剛剛那可怕的叫聲真的傷到了她的半規管，但是她不能說，她可不想變成其他人的累贅。

經過阿米莎身邊時，她仍恐慌的站在原地，自言自語個不停。

「要不要走隨便妳！」小雪拍了她一下，真希望她可以清醒一點！

搞成這樣她不怕嗎？就算死靈不會主動找她麻煩，但這並不代表變態殺手不會？更別說現在還沒人搞得懂開膛手傑克的目的是什麼，就算是 Peter，那他絕對也變質了！

沒有人能保證厲鬼的想法，她可沒帶著自己能全身而退的想法！

朝阿米莎伸出手，她只給對方兩秒鐘的時間考慮，幸好阿米莎還是很快的伸手搭上，她們才能趕緊往前衝。

夜晚的山路根本看不到一絲光亮，更別說這裡根本沒有「路」！斜斜的土坡上都是黃土跟大石塊，還有一堆小樹雜草叢；小萌是一隻貓，衝得比誰都快，賀瀮焱不停的撥開擋路的草，跳過石子，還是絆了好幾次。

為了避免火燒山，他不好用火團，事實上他摸過口袋，打火機似乎掉在路上、或是剛剛的密道了！這時小雪得意的咧，祭出閃亮亮的手電筒，超亮大型 LED 燈，從後頭就可以照亮前頭的路。

最厲害的是蘿莎，她不愧是當地人，簡直是健步如飛。

沙沙……沙沙……附近一直傳來聲音，小雪不安的側首，怎麼老是聽見足音呢？是幻聽，還是……

「等一下！」她忍不住喊住了惜風他們，「你們有沒有聽見什麼？」

惜風拽了拽賀濂焱，停下腳步，他們靜止一切動作，關掉手電筒，果然聽見上方有一些聲響，接著是碎語聲。

有人？賀濂焱不由得皺起眉，這時候有人在這裡就太扯了吧？

「我跑出去看看好了！」小雪想了個自己當誘餌的好計，立刻遭到惜風數記白眼。

幹嘛老是用危險的招數？多想一下不是更圓滿嗎！

小雪咬了咬唇，她也知道這麼做很危險，問題是——月全蝕快開始了耶！她可沒忘記賀帥哥說過，一旦月全蝕開始，那可不是鬧著玩的！

想著，她決定豁出去試試看，便打開手電筒往聲音的來源照去！

才跨出一步，小雪就踏到了一個三角稜石，耳朵的傷導致的重心不穩與暈眩，在這個時候同時襲來，她頓時眼前一黑，直接就往後摔去！

「小雪！」惜風距離她有十步之遙，根本趕不及，但就在她身邊的阿米莎，卻是呆

站在原地，根本連手都沒有伸出來。

不過草叢裡飛快的伸出一隻大手，直接抓住小雪的手腕，強而有力的將她往上扯拉，穩穩的立好重心！

跟著，一堆刺眼的手電筒光紛紛出現，就照在他們身上。

「找到了！」一個高壯的男人大喊著，「找到學生了！」

什麼學生？小雪望著站在她面前、還拉著他的男人，一臉困惑不明，是在指他們嗎？

緊接著，上頭也「垂降」下來三個人，他們都穿戴著標準的登山設備，踩在斜地上。

「你們為什麼跑到這裡來？晚上很危險的，這裡也沒山路，萬一摔下去連骨頭都找不到！」在惜風面前落地的是名瘦瘦的男子，「要不是有人通報，你們說不定又會在山裡迷路！」

一道光照在賀瀰燚臉上，他嫌惡的皺起眉，是另一個粗壯的男人。「嘖，搞什麼，又是東方人？上一個搞得還不夠嗎？」

「中國？台灣？」瘦瘦的男子拿著繩子往惜風腰間圈，邊圈邊問。

「台灣！嘿……」惜風伸手阻擋他的動作，「你在做什麼！」

「帶你們上去啊！你們還想待在這裡嗎？別找我們麻煩！」男子露出厭惡的表情，

對著隔壁同事不屑的說道。「又是台灣！」

粗壯男也要把繩子圈上賀瀜焱的腰際，他立刻拒絕，從他們的對話中，可以聽出來他們應該是搜救隊的隊員，而且扯到台灣就一臉不爽，應該跟賴振傑脫不了關係。

「你們知道 Peter 嗎？Peter Lai？」小雪直接的問了，棕鬍男怔了一下，隨即露出非常無奈的表情。

看來他們知道，而且清楚得很。

「嘿，怎麼了！」上頭又有人在呼喊，「快點把人吊上來吧！」

「我不要！」小雪推拒著，「我還有事要辦，你們才不要礙事！」

「帶我上去！快點帶我上去，這些人都瘋了！」阿米莎焦急的哭喊著，「我的朋友出事了，我求你們……」

「妳在說什麼！你們已經闖進了危險地區，我們有義務……」粗壯男子說著，手上的繩子突然鬆了。

原本要繫住小雪腰際的繩子是由上頭的人拉住，是拉緊狀態，但繩頭忽然落了下來，而且是接二連三的斷落，要套住惜風、賀瀜焱的繩子也紛紛斷落。

「John？」粗壯男握著斷繩，狐疑的往上看。「你在搞什——」

餘音未落，一個龐然重物突然從上頭被扔了下來！

小雪立刻拉住對方身上的帶子，直接往另一邊的斜坡扯去——下一秒，一個人直接滾過他們眼前，頭撞上了剛絆到小雪的三角稜石，砰咚的又往下滾落！

「哇！什麼——」上頭傳來了爭執聲，緊接著另一個人也摔了下來，就落在小雪跟惜風的中間！「哇啊啊——」

「山米！」棕鬍男子大喊著，他想要衝上前去拉，卻被小雪緊緊扣住。

『喵退後。』小萌的聲音冷不防的傳來，賀濔焱立刻把惜風往後拉，重心不穩的她被蘿莎撐住，刻意扯著壯碩男子一起向後退，賀濔焱再上前把精瘦的男人往自己身前拽引，他們英文髒話滿天飛，卻在另一個人滾落身邊時噤了聲。

咚——三個大男人接連的摔了下去，骨頭撞上石子的回音駭人。

須臾數秒，鮮血染紅了原本的紅土，小雪彎身蹲踞在地上，那三角稜石上還有皮膚跟腦漿的殘餘物。

賀濔焱一把搶過男子手上的手電筒關掉，小雪跟惜風她們依樣畫葫蘆，必須隱藏自己的所在之處，緊接著三個男子身上的繩子也都被割斷了，他們詫異的望著落下的繩子，切口處平整銳利。

「嘶！」賀濂焱發出氣音，小雪瞇起眼，藉著殘餘的月光看見他指示向前的動作，立刻拉了拉棕鬍男子，要他跟上。

前頭是阿米莎，小雪戳了戳她，先要她閉嘴，緊接著推她往前走。

阿米莎根本嚇到走不動，小雪只好把她扔給棕鬍男，要他拖拉抱扯都行，就是要立刻離開這裡。

喀噠……緩慢的足音從上方傳來，鐵片磨石地，不由分說，所有人……大部分的人都知道是誰了。

剛剛明明在地堡的密道內，現在竟然出現在大路上？趁著救難隊顧著救他們，由後暗算；這不會是一般人類，能一下從愛丁堡的地窖瞬間到地平面上，賀濂焱盤算思忖，如果這麼有力量，為什麼要用這麼麻煩的手段？

開膛手傑克如果確定是賴振傑，又為什麼召喚他時死靈現身，偏偏開膛手傑克就是沒出現？

小萌的銀藍光芒只讓賀濂焱跟惜風瞧見，蘿莎依然健步如飛，她走在前端，極度小心的不讓裙襬跟草堆摩擦發出聲音，甚至乾脆將擋路的草叢撥開，先讓大家通過。

搜救人員雖然不明所以，但是眼睜睜看著三個同伴從上頭摔落，驚嚇也不小，心有餘悸的同時，就這麼被引領著離開了。

惜風跟在後頭，指引著搜救人員及賀濡焱，小雪非常小心的望著地上，不讓自己的暈眩再犯，阿米莎現在很乖，知道上頭有開膛手傑克後，就變得異常乖巧！

緊接的是一段落差，蘿莎用滑的下去，一路上沒有什麼石塊，所以大家也都硬著頭皮學她的方式；再轉兩個彎，一下子就遠離了地面上的道路，甚至隨著每一次的高度落差，越來越遠……也越來越暗。

『喵注意，』小萌忽然緩了下來，『喵前面路好小。』

蘿莎也停下腳步，他們現在在矮樹叢裡，往上見不著天也看不見人，往下就只有大家所站的土地而已。

「小雪，光。」賀濡焱低聲說著，「不不，你們別開，你們的手電筒太亮了，會影響視線。」

小雪聞言打開了手電筒，稍微照亮附近，他們人在樹叢裡，耳邊連蛙鳴聲都聽不見，剩下的只有大家的喘息聲。

「Peter 曾走過這裡。」蘿莎低語，「等到穿過這邊，就等於進入山的另一頭了。」

「Peter？你們在說 Peter？那個台灣學生？」惜風身邊的粗壯男人叫尼克，他不解的開口。「你們是誰？到這裡來……不，我朋友怎麼了？」

「他們都死了。」小雪平靜的回答他們，他們親眼看見朋友摔下山，只是需要一個支持想法的答案。「有人在追殺我們，看來是開膛手傑克……繩子的斷面很平滑，是用很銳利的刀子割斷的。」

「開膛手傑克？」棕鬍男克里斯顯得不可思議，他們當然知道今天稍早死於民宿中女孩的事。「那個變態！」

「我暫時不會這麼稱呼他。」賀濡焱往前望去，「他阻止你們救我們，又殺了你們的朋友……開膛手傑克從倫敦開始，就只殺認識 Peter 的朋友。」

受害者之所以清一色都是女性，是因為 Peter 很厲害的都找妹當朋友。

惜風禁不住往身邊的搜救隊員望去，「那為什麼殺他們？為什麼要阻止他們救我們上去？開膛手傑克的目標應該只剩下阿米莎而已啊！」

阿米莎倒抽一口氣，臉色慘白的揪著克里斯的衣袖直發抖。

雖然社會大眾都覺得開膛手傑克是個變態連環殺手，但是他殺人是有原因跟目的的，目前為止沒有任意殺掉不相關的人，所以——

「我覺得不一定，如果開膛手傑克不是人的話，怎麼能確定他的想法？」小雪提出了自己的看法。

「你們認識 Peter ？」賀濔焱凝重扯住離自己最近的精瘦男子的手臂，「看過他，還是是朋友？交談過或是指引他怎麼逛愛丁堡？」

「拜託！我們見到他時，都已經是一具屍體了！」精瘦男子不舒服的拍掉賀濔焱的手，「這未免太荒謬了，那個 Peter 已經搞得我們每個都挨告了，到底還想怎麼樣！」

「你們——是當地的搜救隊！是 Peter 的搜救隊！」惜風驚呼出聲，立刻轉向賀濔焱。「是他們找到 Peter 的！花了一個多月找到屍首，被一狀告上法院的那支隊伍！」

他們一直以為是英國或是倫敦的大搜救隊，想不到是愛丁堡當地的！

「是啊，的確是我們找到 Peter 的，但找到他之後就是惡夢！」小雪旁邊的克里斯嘆了口氣，「面對他家人的不可理喻，彷彿我們是殺害他孩子的真兇！」

「相信我，惡夢現在才開始。」賀濔焱注意到四周越來越暗了，抬頭看向天空，月亮漸漸消失了。「他可能也認為你們是害死他的人。」

「月全蝕，嘖！我本來要待在家裡好好欣賞的。」精瘦的男子低咒著，不明白事情為什麼會發展至此。

「你有的是機會。」月亮即將變紅，山裡的氛圍也越來越怪了。

賀濎焱將手掌貼上紅土，試圖感應這山裡的精怪們，他們現在應該正值興奮活躍之際，畢竟紅月當空，就是他們力量增幅之時啊！

幾秒後，賀濎焱跳開眼皮，眼底盈滿著驚駭！

「什麼……」他皺眉，「糟了！」

「我討厭你講那兩個字。」小雪無力極了，她蹲得腳好痠喔，能不能走了？

惜風伸手握住他的手臂，她想事情一定很嚴重，因為賀濎焱的表情都變了。他倏而回首，坐在後頭的蘿莎默默的瞥向他。

「兩百年前，領主放棄的不只有被關在地窖裡的人們對吧？」他咬牙切齒的問著。

「這整片山頭都是，整個舊城區，滿滿的……都是哭聲。」蘿莎緩緩點著頭，「被扔下來的人很多，在山裡迷失的人也很多，想靠近水源活下來的更多。」

滿山遍野，全是白骨啊！

「有龐大怨氣的都是在戶外的死靈！這座山裡都是。」賀濎焱低咒了好幾聲，「賴振傑一定是遇上他們，出了事！」

「快走吧，月亮就快完全消失了！」蘿莎催促著，拉著樹枝站起身。

「什麼？」搜救隊員們惶惶不安，不明所以。

「跟著他走，我猜 Peter 覺得你們沒救到他，所以懷怨報仇！」小雪飛快的解釋，指向阿米莎。「她是他在倫敦的室友，因為支持他到愛丁堡旅行，現在也是被獵殺的對象之一！」

什麼？搜救隊員個個瞠目結舌，現在扯到了鬼？

「開膛手傑克殺的女孩，全都是幫 Peter 規劃旅遊的人，現在只剩下她了！就當我亂猜好了，你們的朋友這麼強壯，怎麼說死就死！」小雪比了比咽喉，「那個叫 John 的摔下來時你也看見了，喉嚨已經被割開了！」

雖然只是一剎那，還是有足夠的時間看清楚，摔下來的 John 並沒有慘叫，他的頭撞上三稜石時，頸間正噴濺著大量鮮血。

「不不不……」阿米莎啜泣的蹲下身子，她不想再跑了……

「走了！」惜風喊著，連精瘦的男子都趕緊動了起來。

出了樹叢後是一公尺高的落差，只有一塊尖石可以踏腳，路非常的狹窄陡斜，只要一個不小心就會滾到更險的山下去。

蘿莎輕巧俐落的越過了，有著精良訓練的尼克先行下去，接過了賀灩焱，再接過惜風，由精瘦男子做橋梁，拉過顫抖的阿米莎，再拉過小雪，最後跟克里斯會合，也順利的通過那一公尺高的落差。

他們走到了平地上，一旁是看不見頂的山壁，另一邊則是見不到底的深淵。

高掛在天空的，是血紅的月亮。

陪伴他們的，是變形的山壁中，一顆顆竄出來的頭顱。

『我要回家！我要回去！』

『放我們回去！』

一隻隻手突然竄了出來，直接把精瘦的男子推了出去！

「哇啊啊——」精瘦男子掉了下去，克里斯飛快的伸手握住他，無法顧及山壁上鑽出更多的腐朽死靈。

「啊！」整片山壁都是死靈，每個人都在狹窄的山路上求生存！

賀灩焱怒眉一揚，先打掉他頂上襲來的手，注意到上頭滴下的水，是啊，山壁間隙總是有可愛的水源啊！

惜風一手緊扣住賀灩焱，一手拉住尼克，眼前山壁鑽出張著血盆大口與利牙的死靈，

她只是往山壁前一站，大喊一聲：「你敢碰我！」

那大嘴戛然停止，眼珠子一繞，咻的縮回山壁裡去。

賀瀮焱迅速張開掌心，盛接自山壁上落下的水珠，濕潤掌心數秒，一掌往山壁上擊去，順便將一顆頭壓了進去。

「退！」

一整片山壁上彷彿起了波瀾，像是有一道水浪自他的掌心冒出，接連的往小雪的方向去！所到之處，只聽聞死靈驚恐的叫聲，然後紛紛撤退，來不及鑽回山壁的，瞬間被腰斬，化成了水珠，落到地面。

小雪飛快的趴在地上，要幫助克里斯把朋友拉起來，不過——

下頭傳來滴答滴答的聲響，小雪把手電筒往精瘦男子一照，那男人身上早已千瘡百孔，眼窩只剩兩個窟窿，前胸被刨開，有一截腸子垂掛在身體外面晃動著。

他們都忘記，懸掛在外頭的他，眼前有另一片山壁，可能剛剛鑽出了很多的死靈。

「湯姆！」克里斯激動的望著好友，阿米莎則拔高音尖叫，她的頭髮被扯掉了好多，身上也被抓傷，無力的癱倒在地上，只能慶幸自己還活著。

「放手吧！」小雪握住了棕鬍男人的手腕，搖了搖頭，現在做什麼都來不及了。

賀濡焱走了過來，彎身扯過湯姆頸間的十字架，尼克趴在地上痛哭失聲，克里斯仍緊緊握著夥伴的手，死也不願意放。

「主啊，求你赦免死者生前之罪，接納其靈魂進入天堂，得享永生，阿門。」賀濡焱敬重的用這裡的宗教、這裡的習俗，送湯姆最後一程。

這是在死靈空間裡必須做的事情，只是前面幾個他沒時間、也沒機會這麼做。

尼克從後頭扣住克里斯的肩膀，低聲說著：「Let's go！」他們涕泗縱橫望著張大嘴慘死的湯姆，終於緩緩的鬆開手。

小雪抹去淚水，數分鐘前，那雙手曾穩當的拉著她安全通過那一公尺半的落差，現在卻從他朋友的手中滑落。

最痛苦的是同隊隊友，必須親手放開夥伴，看著他跌入萬丈深淵。

「誰！到底是誰幹的！」克里斯瘋狂的咆哮著，雙手使勁的往地上捶去！「誰！」

誰誰誰誰……回音在山裡迴盪著，深夜裡聽起來格外令人毛骨悚然。

P……P……

『Peter……』

咦？所有人都聽見了，遠遠的，像是另一道回音，回應著怒吼。

Peter……Peter……Peter！

Peter？

第九章 祭品

在賀瀠焱鎮住山壁上的騷動後，大家又往前走了好一段路，右手邊的峭壁高聳至極，由於路段是前無古人後無來者，所以暫時不用防範誰，能把閃亮的手電筒打開來照明。

其實每個人都有滿腹疑問，但根本不知道從何問起，走在前頭的賀瀠焱也一副完全不想回答的樣子，惜風一臉心事重重，後頭的搜救隊員趨向暴躁不解，阿米莎大概再遇到一次就會瘋了吧？

「有人可以把話說清楚嗎？」克里斯他走在最後面，聲音很低沉。「我們現在到底他媽的要去哪裡？」

外國人說話中間很喜歡帶很多 fuck，小雪實在很不想說，剛剛那句話就有四個 f 開頭的英文單字。

「我可以說嗎？」小雪問著，惜風轉過頭，輕輕點了頭。「那個……呵……」

粗壯男剛說過他叫……尼克，尼克一聽見她要說，立即緩下腳步，一臉兇神惡煞的等她走近，那模樣真可怕，嚇死人了。

「這一切都跟 Peter 有關，我不知道你們信不信鬼，但是這裡鬧鬼。」她說得很凝重，但是兩個壯漢聽了很狐疑。

「愛丁堡什麼都沒有，就是有鬼，你們沒聽過嗎？」克里斯皺眉，彷彿鬧鬼是天經

地義的。「黑死病的冤魂、機長的控訴……」

「所以你們相信有鬼嘛！」小雪綻開笑顏，「那就容易多啦！Peter Lai 出事後鬼魂在這裡徘徊，沒有回到家鄉，甚至跟這邊的鬼結合在一起，也有可能化成開膛手傑克——我們不知道為什麼，所以才要去了解。」

「鬼就是鬼，任他在這裡不就好了？」尼克的想法非常可以理解，因為愛丁堡的居民在這裡跟鬼和平共處了數百年。

「但是以前的鬼不會殺人，現在的鬼會了。」小雪扳起手指，「他們已經殺了我們同行的夥伴，這跟 Peter 也絕對有關。」

這句話果然讓兩個壯漢錯愕，他們擰著眉往前走，雖然緩下腳步，但腦子裡想的卻是剛剛那片鑽出鬼魂的山壁與犧牲的夥伴；下意識往右手邊的山壁瞧去，賀濂焱每隔一段路就會以水封印一次，避免剛才的狀況再發生。

「那些鬼瘋狂了？」克里斯喃喃唸著。

「賓果！我們只知道跟 Peter 有關，但我們召喚 Peter 的名字，卻是一大片病死的亡靈回應我們。」一聲聲喊著回家，其實聽起來也頗令人鼻酸。

後頭開始靜默，只剩下阿米莎的啜泣聲，惜風回首探視一下，小跑步上前追上賀濂

焱。

「我們還要走多久？一路上什麼都沒看見。」

「蘿莎。」賀灝焱正首，看起來有點疲累。「還要走多久？」

「Peter 就走了這麼久……」蘿莎的指尖在山壁上滑動，「他曾經在這裡悠閒的漫步，自信滿滿的拍照，還沒有發現自己已經迷路了。」

「就一條路，怎麼會迷路？」從剛剛走下來到現在，都沒有岔路啊！

蘿莎忽然停下了步伐，淒涼的回過身子。「是啊，為什麼會迷路？」

為什麼？賀灝焱深吸了一口氣，難道是遇上了什麼？慌張奔跑導致走錯路？還是神隱？

紅色的月亮依然高掛在天上，他蹙著眉等待尼克的接近。

「你們當初找 Peter 找了多久？還記得路線嗎？」

「怎麼會不記得？我們為了找他找得有多辛苦！花了一個月的時間，連假日都沒休息！」尼克的語氣其實有點義憤填膺，「在這條路上有發現他的東西，然後再往前，發現他在山洞裡休息過，接著就垂降到下面去了！」

「他沒有帶任何裝備，怎麼垂降？」惜風可沒忘記賴振傑當初並沒有帶登山裝備出

門。

「去看就知道，那個地方，連妳們這種女生都能爬下去！」尼克下巴一點，似乎不覺得這稱得上是個問題。

賀濂焱往前瞧不見小萌，他其實有點心急，因為月全蝕至今已經歷時一個小時了，從剛剛山壁竄出死靈也過了半小時，山裡一片寧靜，即使有他的水封印，這山裡龐大的怨氣不可能這麼容易解除。

他們人就在這裡，活生生的在移動，曾經屍橫遍野的死靈們怎麼可能不找上門？

他其實想找個地方，獨自直接召喚賴振傑，一口氣解決他——前提是得先把業火運用完全再說。

沒走幾步路就經過所謂的山洞，賴振傑曾在這裡待過幾天的樣子，克里斯說找到的餅乾袋子跟飲料罐，是 Peter 在街上買的。

再兩步路，他們終於知道為什麼賴振傑會垂降到下方，因為沒有路了。

前頭路斷，右邊看似峭壁之處全長滿了樹，手握腳踩的攀爬，要下去並不是問題。

「沒有路他不知道回頭嗎？」小雪看了直犯嘀咕，「為什麼非得要往深處走不可？賴振傑未免也太自負了吧？」

「不自負他就不會什麼裝備都不帶，進這種山了。」賀灤焱嘆了口氣，把包包揹妥，準備下去。

不過尼克卻伸手擋住他，還把他請到一邊去。

「我先走！」他俐落的從身上拉出繩子，釘在山壁上。「克里斯，你殿後，小心看著。」

惜風竊笑起來，輕輕推了賀灤焱一下，怎麼忘記專家在這裡，還想跑第一！

「我又不是逞強。」他辯解著，「我忘記他們的身分了。」

惜風似笑非笑的，讓賀灤焱覺得很尷尬，但是再解釋下去就此地無銀三百兩了，他是真的忘記同行的人變多了，一心還想著自己是唯一的男生。

要不然，無緣無故為什麼要爬下去啊！賴振傑，要是真的召喚出你的靈魂，先讓他鞭三百下再說！

「請小心的踩著樹枝，慢慢的下來！抓穩再移動沒有關係！」尼克的聲音從下頭喊來，似乎已經安全落了地。

賀灤焱蹲下身子，就著現成的水往大家要垂降的山壁又是一擊，以水築成另一道結界。

「來，請。」克里斯突然拿著繩子跟裝備上前，要套在惜風身上。

賀濔焱下意識的想扣住他的手，接著才想到他們是在做安全防範措施。

「不不！我先！我先——」阿米莎突然衝上前把惜風推開，力道之大，讓惜風整個人往路斷處撲去，若不是賀濔焱就在那兒，她說不定直接就被推下去了。

「喂！」賀濔焱抱住了惜風，怒目瞪視著阿米莎。「妳搞什麼！」

阿米莎根本沒在聽他說話，只顧著慌亂失措的取過克里斯的繩子往自己身上套，事實上要怎麼套她也不知道，她整個人就是失控般的亂來。

這讓惜風阻止賀濔焱的兇惡神情，阿米莎根本已經失去了冷靜。

克里斯仔細的把繩子往她身上圈好，再慢慢的將她放下去，繩子另一頭繫在自己腰上，再以手拉住，下方的尼克則告訴她踩左、踩右，或是抓哪根樹枝。

四周異常寧靜的詭異氣氛讓人不快，但卻又是如此順利，大家一個接著一個的下去，絲毫沒有阻礙。

下來之後是很寬廣的路，樹更高更密，黑暗更加包圍著大家，小雪一手握著手電筒，一手拿出她的武器，她完全沒辦法鬆懈！

惜風跟賀濔焱也無法平靜，因為如此平靜安穩，似乎是一種「等待」。

「他們在等我們到某個特別的地方。」賀濔焱感覺出異狀了，「在等待我們到達指定的地方。」

「我們應該往前走嗎？」惜風也惴惴不安。

「當初賴振傑就沒有回頭……」他深吸了一口氣，「尼克，請問你們搜尋多久？在哪裡發現他的？」

「我們找了幾十天，到處都找了，發現他的衣服、鞋子，還有足跡……他像是在逃難一樣，足跡很亂，感覺好像很惶恐。」尼克聳了聳肩，「結果我們是在……前面找到他的。」

手一指，他沒有指向某個遠方，而是準確的指向前方不遠的一處平坦。

「對，就是那裡，躺在石堆上。」克里斯跟著附和，「其實我們也覺得很奇怪，這裡不是沒找過，但當初就是沒看見他！」

「我們推斷因為這一帶是一開始就尋找的地方，當時 Peter 還沒有出事，他應該是後來才走到這一區失溫死亡的。」順著尼克說的那一片望去，是整片的空地，但被許多矮樹包圍著。

「失蹤一個多月，為什麼最後會走到這裡？」小雪不解的趨前，「這裡又沒有水

源！」

沒有水源？賀瀨焱怔了一下，這裡的確不像上方的山壁有水流下，是片徹底的乾土……

「我們也不解，通常山難者都會先尋找水源，就著水邊生存……為什麼他最後會在這裡，我們到現在還不知道原因！」克里斯對這個搜救案印象極為深刻，除了讓他們全體吃上官司外，就是遍尋不著的人及死亡地點。

阿米莎根本沒在聽他們講話，只顧著往前走，她想要越快離開這裡越好！

「沒有水……」惜風往賀瀨焱瞥了一眼，「你覺得呢？」

「我覺得他們就是在等這個，阿米莎！」賀瀨焱打橫手臂將大家往後擋去，也叫阿米莎快點回來。「死亡之處、又沒有水，四周又全是出口——賴振傑！回答我！」

賀瀨焱朝空中扔出扯斷的佛珠手鍊，眾多珠子四散在空中，阿米莎動也不動，她用質疑怨恨的眼神瞪著賀瀨焱，小雪大喊著要她回來，她竟緊抿著唇搖了搖頭。

「她幹嘛一副我們會害她的樣子！」小雪嚷嚷起來。

佛珠落到地上，倏地發出金色淡光，克里斯他們跟看節慶熱鬧一樣還哇了一聲，以為賀瀨焱在變戲法。

不過下一秒，當人影從四方的樹裡出現時，他們張大的嘴巴馬上緊閉，再也不敢出聲。

大批的亡靈緩緩走出，阿米莎見狀終於知道該回來了，她尖叫著踏過正中間的紅土空地，冷不防一隻手卻突然自土裡竄出，緊緊抓住了她！

「哇啊——呀——」阿米莎整個人往前一撲，驚恐的呼叫著。「小雪！小雪！」

這時候就知道要喊小雪了？惜風有點厭惡的皺起眉。

「攔住她。」賀濎焱頭也不回，就知道葛宇雪一定會往前跑，惜風聞言，及時拉住她，這情況她衝什麼？

「可是她……」小雪一臉憂心忡忡。

「我不是沒叫她回來。」賀濎焱叫大家眼觀四面、耳聽八方，小心翼翼的走上前一步。

正中間的地方是個圓形，很像個適合西方也適合東方的陣法，問題卡在這裡早有天然形成的陣……而且絕對不是好陣；使用佛珠只是產生抗力，但不夠化解一切。

「不……放開！放……」阿米莎拚命踢著腳，另一隻手卻也從土裡竄出來緊抓住她。

「賴振傑，土裡的是你嗎？」賀濎焱瞪著那雙緊握著阿米莎的手問著，「回答我一

下不會少塊肉吧？你都已經死了！」

喀噠……喀噠喀噠喀噠！

正對面的林間忽然傳來急促的足音，鐵片的聲音踏在土地上依然發出明顯的聲響，小雪才訝異的想著不可能，一個巨大的人影瞬間就從林間衝了出來。

黑色的斗篷、高大的身形，沉重的軍靴，還有手中那把手術刀——是賴振傑嗎？賀瀮焱瞪大雙眼，這是否是回應他的召喚？

阿米莎回首，瞠目結舌的望向那道身影，下意識伸手就去擋——刀子俐落的揮下，割斷了她的指頭，刀刃再火速回切，從阿米莎的手腕割下去！

「哇啊啊！」阿米莎的傷口頓時鮮血四濺，整個人往地上倒去，開膛手傑克一步上前，揮刀亂割。

「該死！」開膛手傑克用渾濁的嗓音低吼著，聲音聽起來甚至有點遠。

那是男人的聲音？很低沉但是非常沙啞，重點是，不太像是人啊——

林間大批的死靈無視於在地上慘叫的阿米莎，惜風甚至可以看見開膛手傑克彎身直接剖開了阿米莎的肚子，他沒有先割斷她的咽喉……他是故意的！故意的！

『歸返的祭品！』具邪惡之心的亡靈們大笑起來，聲音混在大批亡靈之間。

阿米莎慘叫聲不絕於耳，蘿莎摀著嘴哭泣，其他亡靈們以忿恨的眼神朝著他們走來，嘴裡永遠喊著同一個單字：『HOME』。

賀濡焱突然驚覺，所謂的祭典不是什麼正式的祭祀，而是指開膛手傑克下手的對象，她們是祭品，亡靈們認為協助開膛手傑克殺盡所有人，就能回家嗎？

「蘿莎！小萌！開一條路！」賀濡焱從包包裡取出水，呈備戰狀態，至少得拉出一條封鎖線！

「你叫一個女生開什麼路啊！」小雪瞪著賀濡焱忍不住抱怨，沒看到蘿莎都嚇成那樣了嗎！

尼克跟克里斯完全傻眼，但是他們也認同小雪！

賀濡焱斜睨了他們一眼，「你們最好以為她是人！」

咦？惜風跟小雪都傻了，蘿莎……不是人？她不是人能是什麼？

蘿莎沒有否認，大膽的上前數步，緊握著雙拳……突然間頓了一頓，像是感應到什麼似的，整顆頭就向右上轉了九十度！

只有頸子轉了九十度看向他們上方而已，至此，所有人都相信她不是人了！

「BlackDog！」她尖叫起來，瞪著賀濡焱的正上方吼著。

那叫聲好可怕，分貝尖銳得令人不快，讓人忍不住想摀住耳朵。

賀瀮焱聽見爪子摩擦地面的聲音，從他們的上方，猛然躍下了一道黑影——惜風飛快的上前，立刻摀住賀瀮焱的雙眼，將他旋了個圈，把他往棕鬍男人那邊推去！

「不許看！」

賀瀮焱眼前突地一黑，整個人踉蹌的跌撞向後，克里斯及時扶住他，但是現下除了賀瀮焱外，每一個人都跟那隻 BlackDog 面對面了！

「反正還有兩次機會！」惜風大吼著，「小萌！」

「喵——」激烈的貓叫聲從樹梢傳來，直接衝向 BlackDog，巨狗與小貓扭打在一起，小萌體型雖小，但是打起架來倒是一點都不含糊。

蘿莎立定腳步，衝著湧過來的亡靈張大嘴巴，那分貝已經高出人類可以聽見的範圍，可是 BlackDog 和小萌全都痛苦的蜷縮在地上，連亡靈都驚恐的扭曲著。

「帶著賀瀮焱走！」惜風看著右前方有條路，他們必須立刻離開這裡！

尼克跟克里斯一人架起賀瀮焱的一隻胳膊，將他抬離地面火速往前跑，他只能緊閉著雙眼！惜風沒忘記要蘿莎記得跟上，他們鑽進了矮樹林裡，樹枝跟樹葉打得他們疼得要命，割傷了全身上下的肌膚。

而進入密林後，賀濡焱終於得以將雙眼睜開，自己落地奔跑，林子裡到處都是伸手咆哮的亡靈，試圖要將他們分離。

惜風突然可以理解賴振傑當初發生了什麼事……他可能也曾在這密林裡逃亡，被這些亡靈嚇得魂飛魄散！

身處密林裡，頓時失去了方向感，惜風只能憑著直覺往前跑，任意變化方向，根本也不知道出口在哪裡！

「誰也別想走！」渾濁的聲音再度傳來，開膛手傑克的速度竟然變得這麼快，立刻就跟上了！

跑在最後頭的是蘿莎，她頻頻回首，開膛手傑克就在她的身後，速度快得驚人。

「後面蹲下！」賀濡焱的聲音忽然傳來，他身後是克里斯，克里斯身後是尼克，尼克身後才是蘿莎，連續三個人立刻蹲下身子，一把迴旋標直接從他們頭上劃了過去。

開膛手傑克措手不及，迴旋標直接切進他的臉——引發火星，然後俐落的切斷了鼻子以上的頭顱。

當迴旋標繞了一圈回到賀濡焱手裡時，他輕嘖了一聲，果然不是人了。

「小萌呢？」他見不到銀藍光。

「小萌跟 BlackDog 在 PK！」小雪大聲回應。

「那誰在帶路啊……蘿莎！妳到前面去吧！」賀瀟焱大喊著，停下腳步，讓蘿莎越過他往前跑，帶著眾人繼續往前走。

而賀瀟焱則是扭開水瓶，不是將水灑向四周的亡靈，而是選擇把水全數倒在土裡。這兒跟剛剛那邊可不一樣，有植物的地方，就會有水！

賀瀟焱隻手置入濕潤的土裡低語，「你們的怨與恨，去找兩百年前的債主！」

『……Peter 說要帶我們一起走的……我們會跟 Peter 一起回家……』亡靈們哭喊著，說出了「HOME」以外的字眼。

賀瀟焱圓睜雙眼，他狐疑的蹙了眉，但還是低語唸咒，手一竄入土中，裡頭的水瞬間往四面八方擴散，佈在從這片土地生長出來的每一棵植物上頭。

「喝！」低吼一聲，那無形的水珠立刻自葉尖朝空中四散，一大片亡靈們頓時逃逸無蹤。

但是土裡，在他的掌心下，卻貼著一張人臉般的五官。

那張臉緩緩的浮了上來，滿是泥濘的臉龐，他認不出是誰。

『帶……我們回家……』亡靈含糊不清的說著，但是賀瀟焱聽見了。

他的英文沒有小雪流利，平常就已經不太容易聽懂了，更何況這個亡靈此時嘴裡還塞滿了泥土，他更不可能聽得懂。

但如果他說的是中文，那就另當別論了。

開膛手傑克，不是 Peter。

※　※　※

月全蝕到現在已經一個多小時了，穿過大片的矮樹密林後，大家像是來到另一座山似的，突然變得很熱，四周都是岩山，再也不見什麼樹林。

大家停下來稍作休息，女孩子全都跑得上氣不接下氣，尼克跟克里斯不愧是受過訓練的，體力依舊很好。

蘿莎自是臉不紅氣不喘，幽幽的望著四周，終於停止流淚。

而賀潚焱讓大家先走後就沒有再出來，讓惜風非常不安……又碰上 BlackDog 怎麼辦？再一次就是第二次了……

「妳……不是人喔？」小雪的注意力全都放在蘿莎身上。

她微微一笑，點了點頭，但這一笑讓克里斯後退了一步。

「可是也不是鬼。」惜風冷靜的說著，她透過陰陽眼看見的依然是個清秀的妙齡少女。

「她是海妖。」賀濤焱的聲音從林間傳出來，接著人也跟著走了出來，看起來比剛剛更疲憊了。「Banshee，也是赫赫有名的妖精。」

「Banshee？我知道！會發出尖銳叫聲的！X戰警裡有！」小雪立刻又搬出電影人物了。

「所以剛剛在地堡裡的叫聲是……」惜風想起來還有點頭暈咧。

蘿莎點了點頭。

「她不是壞的妖精，眼淚是因為能預測人的死亡。」賀濤焱緩步走到她身邊，瞥了惜風一眼。「跟妳一樣，妳知道阿米莎她們會死，對吧？」

「大家都知道。」惜風嘆了口氣，「開膛手傑克的目標就是跟 Peter 這趟旅遊所有相關的人……現在應該停止了吧？」

「停止了幹嘛還追著我們跑？」小雪噘起嘴，看向克里斯。「剛剛不是還追在你們身後嗎？」

尼克跟克里斯臉色泛青，他們從惜風話裡聽出意思，也重組過事實，但是他們跟Peter可完全不認識喔！

「Peter把自己遇難的事都怪在朋友頭上也太差勁了吧？他自己要去旅遊，自己找朋友幫忙規劃行程……登山也是自己不帶裝備跟食物的，能怪誰？」小雪忍不住抱怨。

「死得不甘願吧，在山裡又餓又渴又遇鬼，不找個人怪罪或許死不瞑目。」惜風聳了聳肩，死神說過，人類就算死還是很低劣。

「我打過電話給他的……」蘿莎忽然語出驚人，「我真的曾經打電話給他的！」

「妳——打給他？」惜風嚇了一跳，「這裡不是收訊不良嗎？」

「我是海妖，當然有辦法打給他……他接了，我問他是不是迷路了，要去接他，這已經違反了規則，但我不希望他死。」蘿莎滿臉悲悽，「但是他不願意回來，也不願意我去接他，只一直跟我說沒問題，還保證一定能跟我一起吃飯，要我在餐館等他。」

當夜晚來臨時，她就知道再也等不到了。

「妳……干涉了人類的命運。」惜風幽幽出聲，她明白這是很嚴重的事情。「為什麼？」

「因為他找上我當嚮導，因為他說我很可愛。」蘿莎說著大家都覺得薄弱的理由，

「他是個好人，我勸過他不要進入這座山的……」

「主要是因為……他看見妳了吧。」賀瀨焱重重的嘆口氣，「就算化為人形，也不是每個人都能看得見海妖，妳好玩的在車站徘徊，他卻看見了妳，主動找妳說話。」

蘿莎不語，她低垂著眼眸，彷彿默認了一切。

「這裡我們進來過很多次了，不管是受訓還是行走……並不危險啊！」克里斯提出了疑惑，「只要做好準備根本不會迷路，也沒有什麼……鬼怪妖精！」

「你們跟他們共存兩百年都沒事，這裡的亡靈原本就不兇惡，他們唯一留在世間的是執念，想的是回家！」賀瀨焱深吸了一口氣，「Peter 一定犯了什麼禁忌，甚至答應了他們什麼！」

答應了亡靈？怎麼會有人跟亡靈承諾事情呢？依照賴振傑最後的下場，是談判破裂，還是起了內鬨？他的承諾最後沒有兌現，因為他、死、了！

尼克跟克里斯自然不理解這樣的事情，對他們而言，跟山為友幾乎是生活的一部分了！

怎麼會去觸犯亡靈？甚至……還答應什麼？

「那 Peter 的足跡紊亂、像是在逃難，是因為遇鬼了嗎？」尼克不解的問著，「我們

有追查到他的腳印，甚至有點像……被拖行著的痕跡。」

「一定是。」賀瀮焱指了指林後，「我剛遇見他了！」

「咦！」大家倒抽了一口氣，遇見誰？Peter？

賀瀮焱說得泰然自若，彷彿剛剛在林裡遇見的是個熟人，或是普通路人甲似的輕鬆，聳了聳肩，只顧著跟蘿莎說話。

「妳知道他被困在這裡，所以才在火車站等我們對吧？」賀瀮焱嘖嘖數聲，「妳知道妳這樣是在帶領別人往死裡去嗎？」

「死亡是注定的。」蘿莎的語氣雖然溫柔，話卻說得理所當然。

意思是海倫娜她們會死，全都是命定的就是了。

「那我們現在在這裡做什麼？Peter 既然現身了，為什麼不直接站出來？」惜風不解，或是他跟賀瀮焱已經談了什麼？「還是他要繼續當開膛手傑克？」

「他不是開膛手傑克，他沒離開過這座山。」賀瀮焱沉靜的回答，「Peter 說，帶『他們』回家。」

他們，指的就是兩百年前死在這座山裡的人們！

「他──承諾要帶他們回家嗎？」惜風直覺的想到這點，「要解放這群亡靈？」

怎麼會有人無緣無故跟鬼做這種保證呢！

轟！大地突然震動，惜風忍不住發出驚叫聲，他們身後的山滾下落石，尼克動作熟練的立刻一把抓過小雪，克里斯上前拉過惜風，火速吆喝賀瀮焱他們遠離岩壁，直往密林裡退！

對於身在台灣的賀瀮焱而言，地震算是小case，只是這裡落石頻繁，大顆小顆的落石不停滾下，比在家裡搖晃嚴重多了。

尼克他們的動作相當敏捷，護著所有人，謹慎的看著周遭的變化。

一股殺氣突然襲來，賀瀮焱顫了一下身子，火速的回首，只見銀晃亮眼的手術刀，直接朝著尼克的背刺了下去！

「哇啊！」一刀刺進了尼克的脊骨，開膛手傑克瘋狂的開始往下割！

「走開！」賀瀮焱立刻出腳，一腳踹向開膛手傑克，他卻隻手就箝住了賀瀮焱的腳踝，低低的笑了起來。「笑屁啊！」

電光石火間，賀瀮焱的腳踝露出一圈金光，燙得開膛手傑克不得不鬆開手，而此時賀瀮焱穩住重心，拿著銳利的迴旋標從下而上，直接削掉持刀的手！

尼克往前倒了下去，克里斯立刻接住他，小雪跟惜風趕緊上前探視，一邊擋在他們

前面，讓克里斯可以拖著尼克離開，並以防開膛手傑克再撲過來。

克里斯喊著尼克的名字，並且禁止惜風她們拔刀，手術刀刃全數沒入尼克的背脊，又被使勁往下切了三公分左右，深可見骨，皮開肉綻，萬一貿然拔刀，反而很有可能會加速尼克的死亡。

蘿莎緊張的接近賀灝焱，不像是想幫忙，反而像是在擔心那個倒地的開膛手傑克。

「不許妨礙我！」開膛手傑克踉踉蹌蹌的站起來，斷腕處有褐色的肉泥滾下。

「都住手！」惜風氣急敗壞的大喊著，「你的死亡是自己過度自信造成的！怪得了誰？曾經跟蘿莎聯絡上卻執迷不悟，是你造就了自己的死亡！」

「閉嘴——」開膛手傑克的手再度長出，一如剛剛被賀灝焱切斷的頭，刀子從掌內竄出，又狠狠的朝賀灝焱劈了過去。

賀灝焱輕巧的閃過，還一腳往開膛手傑克的背後踹去，對方是人高馬大又壯，不過行動遲緩，根本不如想像的快速！

他能殺人，在於刀子的銳利與措手不及！

他一腳將開膛手傑克踢出密林，身後的陰氣再度開始匯集，亡靈再度朝他們靠來，像是要他們給個答案。

「我說過開膛手傑克不是 Peter，因為 Peter 向我求救了！唯一會怪罪他人的——就只有一種人！」賀瀟焱上前一把揪住開膛手傑克的黑色斗篷，倏而拉起！

第十章

地獄之門

「哇——」開膛手傑克驚恐遮住臉，似乎不敢讓人瞧見他的模樣。

事實上趴在地上的開膛手傑克讓所有人震驚不已，因為那不是賴振傑、不像人類……也不像是亡靈。

那是個亂七八糟的生物，全身不停地「流動」著，像是一個人體土石流一樣，泥漿在他身上不停地上下交錯滑動著，是個人形，但看不清楚五官，因為除了上頭有一顆頭外，肚子那兒還有另一顆頭。

被賀濡焱削斷的頭就是這樣再長出來的，剛剛切斷的手也成了泥濘落地，再蔓延著伸展，長出新手來，生生不息，源源不斷。

「……Mr.s Lai？」克里斯突然錯愕的望向開膛手傑克，「妳是 Mr.s Lai 對吧！」

Mr.s Lai？誰？惜風跟小雪面面相覷。

「姓賴，是賴振傑的父母親吧？」賀濡焱一手握著迴旋標，就在開膛手傑克的身後站定。「最容易把過錯推給別人以求心安的，多半就是父母！」

「啊！對！賴振傑是雲林人！」小雪突然想到看過的新聞報導——但誰會想到這之間的關聯啊！

無法面對事實的總是親人，無法接受養這麼大的寶貝兒子罹難，所以開始怨天尤人、

怪支持他旅遊的同學、怪建議他去愛丁堡的朋友、怪建議他去山裡逛逛的人，再怪搜救隊速度太慢，如果能早個一天、兩天，說不定就可以救回兒子了！

「咦！是賴振傑的爸媽？他們不是在台灣？」小雪好訝異啊！

惜風定神一瞧，那扭曲的臉上有著熟悉的五官，她看過……她絕對看過這張臉！「是餐館的老闆娘！」

那個過了八點依然營業，熱切招待他們的老闆夫妻！頭是母親，肚子上的頭是父親，母親嘴角的那顆痣她是不會認錯的！

「對！是他們跟我們通報有人入山，我們才組成搜救隊趕快去找你們的！」克里斯義憤填膺的說著，「結果是故意的？趁機殺死我們的夥伴？」

「這樣他們就可以準確的把你們集中在一起，知道你們的方位，一次全部都殺了。」賀瀶焱右手食指的指尖往自個兒的迴旋標一劃，滲出鮮血，立即在迴旋標上寫咒。「很方便嘛！魔化的傢伙還懂得模仿開膛手傑克啊！」

「魔化……對，為什麼會變成這樣？」惜風詫異的望向開膛手傑克，難怪她的陰陽眼見不到鬼，原來已經人不人鬼不鬼了！

「因為思念，因為我想我的孩子，因為他被你們聯手害死了！」開膛手傑克瘋狂咆

哮，冷不防的旋身，刀子直直劃上了賀瀮焱。

但是賀瀮焱早有準備，迴旋標上沾了血，再次削去他的手腕，這一次，開膛手傑克就休想再生了。

「咦……哇哇！我的手！」開膛手傑克被削落的手落在地上，化成枯骨，斷口處瞬成焦黑，並且一路往手肘蔓延！

賀瀮焱一腳踩過地上斷手，拿迴旋標當利刃，狠狠的切開膛手傑克的肚子。

「媽呀！」小雪覺得不蘇湖，看著泥漿血四濺，直想作嘔。

父親掉了出來，但是依然跟母親相連，他們咆哮、他們怒吼，用中文咒罵著所有人，都是那群女生建議他們的兒子到愛丁堡，都是海倫娜說山景不錯，都是救難隊敷衍了事，他們的孩子才會死於非命。

「殺！把他們全都殺掉！」母親赫然對著密林大喊，「這些人可以帶你們回家！回家——」

「夠了沒有！」惜風真想一巴掌打過去，「你們可以怪全世界，但有沒有想過為什麼你們兒子什麼裝備都不帶，就一個人擅闖未知的山！」

「他愛登山！他原本就愛登山！」

「然後呢？愛登山就可以不顧危險，自以為是的沒有準備就去登山？然後出事了就等著別人救，別人就應該要救他？」惜風突地怒不可遏，「那沒繫安全帶車禍死亡的人，要不要怪救護車來得太慢？跳傘不穿裝備的要不要怪開飛機的人？」

「我兒子他最乖了，他——」

「從頭到尾，你們兒子要負最大的責任，那叫咎由自取！」

如果可以怪罪別人就沒事的話，她多想啊！

怪罪母親交了那個奇怪的男朋友，怪罪那個男朋友為什麼要在那天殺死母親，怪罪那天她幹嘛在家，這樣就不會遇到死神，不會導致現在的人生！

明明真正要怪的是她自己，為什麼要跟死神求救！

亡靈們幾乎是從密林中飛出來，賀瀮焱硬是用極少的水結了一大層結界，阻止他們衝出，可是數量龐大，再加上他們的力量因為月全蝕增幅，開始毀壞他薄弱的結界！

「Peter 承諾要帶他們回家的！」蘿莎突然跪到地上，衝著賴振傑的父母喊著。「但是他沒有辦法！他被困在這裡了……放開他！求你們放開他！」

賀瀮焱身上彈出了一堆靈體，紅色靈體一臉焦急的附耳在旁，惜風望著覺得狀況不對，那些亡靈開始變質，他們對沒有兌現的承諾感到暴躁，兇惡的要找個人負責！

也或許是賴振傑的父母影響了他們的情緒，還導致他們產生這樣的想法！

「你們知道為什麼 Peter 還在這裡嗎？他原本可以透過召喚、法事跟超渡，順利移靈回台的，這樣跟他相連的亡靈們就能同時獲得超渡。」賀瀮焱用符紙構築了另一道結界。是啊，Peter 的靈魂跟死靈都連在一起，如果他是自願的話，符合承諾一說，他讓自己跟亡靈們合體，這樣透過招魂的法事與超渡，應該能帶走所有不知道歲月推進的人們。

「因為你們的執念，你們的痛苦怨恨，綁住了 Peter。」賀瀮焱冷冷的往前走，「小雪，打火機，我的掉了！」

「我可以不借你嗎？你召喚業火行不行？」小雪一臉哀傷，她比較喜歡業火嘛！

「要先召得出來再說！給我！」他扯了扯嘴角，在異地上，業火是隨招隨來的嗎？

小雪將打火機扔出，大地再次搖晃，克里斯緊張的趴在尼克身上想擋去落石，結果自賀瀮焱體內竄出的靈體更準確的護住了他們。

結界開始崩毀，賀瀮焱準備妥當，他得來用燒的了！就算不是業火，符火也足以讓他們受傷！

雙親難以置信的喃喃自語，那不該是他們的錯，兒子的無法超生，跟這群亡靈繫在一起，是因為他們？

「你少敷衍我！」開膛手傑克一躍而起，從賀瀮焱後頭撲向了他。

同時間，結界裡衝出大量的死靈，賀瀮焱無法分神，他只能引出符火，專心唸著咒語，一波一波的焚燒這群哀鳴想回家的鬼們。

惜風衝向前，想要攔下開膛手傑克，卻知道這段距離不論是誰都來不及。

直到亮晃晃的東西從耳邊咻的掠過，傳來一股風聲，她才分了神。

一根木棍上有一條鍊子，鍊子兩端繫著鐵球，球上都是尖刺，俐落的拋出去，準頭夠的話，就可以繫住目標物……就像現在，圈住了開膛手傑克的頸子，並且開始腐蝕開膛手傑克的骨肉。

「整個都是加持過的！」小雪一臉喜出望外，手還呈現拋擲狀。「東、西方宗教都有喔！」

拿去廟裡經過特別處理，也泡過所謂祈禱過的聖水，為了以防萬一，她還拿去請道教跟印度教的高僧幫忙加持。

惜風瞠目結舌，小雪去哪裡生出這麼可怕的東西啊！

「啊啊啊啊——」開膛手傑克狂吼著，那鐵鍊束著他的頸子，越束越緊，直到頸子變成跟筷子一樣細，接著喀嚓一聲，斷了。

母親的頭落在地上，開始無火焚燒，逐漸變成焦炭，可是下半身還有另一個魔化的父親。

父親望著母親的逝去，忿怒的大吼著，他不敢碰觸掉落在地的鐵球，只能怒目瞪視小雪，然後伸長了手，直接從後頭襲擊賀瀮焱！

紅影飛至，直接揮手擋掉父親的攻擊，一堆白影也衝向了父親！

「……你養了這麼多死靈在體內？」父親猙獰低吼著，「原來你早就不想活了！」

咦？惜風怔了住，那位父親在說什麼？

賀瀮焱體內養了那麼多死靈，不是守護靈？是會傷及性命的嗎？

「閉嘴。」賀瀮焱得空回首，將一把符火燒上父親的身。「這麼想念你兒子，先去下頭等他吧！」

火燒上父親的身子，但是卻在轉瞬間滅去，彷彿非業火就不足以為懼，父親站了起來，突然化成龐大的人體，母親的身體依然黏附……掛在他身上。

小雪眼睛盯著她的「寶物」，不停伺機要衝上前拿回來。

整座山的死靈都在哭泣哀鳴，他們蜂擁衝向賀瀮焱，即使符火燒過一批又一批，他們還是源源不絕；父親仰首像是在蓄積力量，惜風順著他的方向看去，又是對著紅月。

她跟小雪交換了眼神，一句話都沒說，小雪立刻衝向父親的腳邊。

克里斯想要拉住她們，但是卻不能不護住尼克！

「吼吼——」父親早就看見衝過來的小雪了，噁爛的泥漿長手一揮，直接將小雪攔腰打了出去！

「不——」蘿莎哭了出來，淚水一顆顆滴落。

海妖的淚水，源自於預測人的死亡……惜風沒有忘記這個傳說，她看著小雪被擊到克里斯身後的岩壁上，吐出一大口血，從高處直接翻落，幸好克里斯及時抱住了她！

「不要哭！不許妳哭！」惜風對著蘿莎大吼，不該流淚，拜託她不能流淚！

父親驚覺到惜風竟在他身側，轉回頭一看，她手裡已經拿著小雪的秘密武器了。

在父親還來不及反應之際，惜風緊握著木棒，使勁的就往他胸膛裡砸進去！

那刺蝟般的鐵球狠狠敲碎了父親的胸膛、胸骨，肉泥漿迅速的從被敲出來的缺口流了出來，只見父親痛苦的大吼著，小雪這個東西果然經過特殊處理，但是……好像有使用上的問題？

因為這一次，父親並沒有像母親一樣變成焦炭，被敲爛的胸口反而恢復了！

「一種東西只能用一次嗎？」惜風尖叫著，不顧肉汁亂噴的噁心感，硬是把鐵球拔

了起來。「賀濂燚！」

他旋了半身，使用符火耗費了他很大的力氣，但還是擋不住一波波襲來的死靈，數量太多了。

「我沒辦法分神！他們的力量越來越強！」他大吼著，「拿法器塞進去！」

法器……惜風高高舉起沾滿肉泥的武器，這一次彎下身子朝著父親腳盤揮去，敲斷了父親的腿骨，他忿怒的跪了下來，惜風再把鐵球往他的胸口砸去！

盈滿怒氣時的她，發現自己巴不得把父親打成爛泥！

惜風咬著牙，趁父親尚未恢復前奔回克里斯身邊，小雪趴在地上，全身軟趴趴的，克里斯說不能動她，她的骨頭說不定斷了。

惜風含著淚，拔下小雪頸間的紅繩，這上面……什麼都有！

沒時間挑選，也根本不懂這些東西該怎麼用，她一心只想快點奔回父親身邊，盡快把這個怪物解決，卻沒有留意到剛剛是第四次使用鐵球，威力大減，父親早就恢復大半，一隻手迅速掐住她的頸子！

「呵——」惜風倒抽了一口氣，一瞬間感覺到空氣消失，然後立刻聽見自己頸骨扭斷的聲音！

好痛！父親狠狠將她往旁邊一扔，蘿莎顫抖著抽泣，父親沒有遲疑的立刻再轉向為了阻擋亡靈們而無法分神的賀濂焱。

「把我兒子還給我！」他狂吼著，「你們這些殺人魔！」

「真是做賊的喊抓賊！」賀濂焱咬著牙，他汗如雨下，雙眼緊盯著密林裡總算出現的人影。

賴振傑，緩緩的出現在眾多亡靈之中，他的身體跟所有亡靈黏纏相結，無法自由行動，雙眼空洞的跟著其他亡靈往前，像是卡在大海裡，被海浪緩緩推向前。

賴振傑的父親也愣住了，望著出現的兒子。

賴振傑來到賀濂焱面前，他往前走了兩步，亡靈們彷彿聽他的命令般停了下來，他緩緩的脫離與亡靈的融體，成為一個好端端的人形，只剩下後背牽出一條肉條與亡靈們相連。

彷彿脈動般，他們都是生命共同體。

賴振傑的靈體是一絲不掛的，但是卻沒有什麼需要遮掩的部位，因為他全身上下都是密密麻麻的鐵鍊跟鎖。

鍊子縛住他的全身，每隔幾公分就有一個大鎖重重的垂在那兒，重到他幾乎無法邁

開步伐正常行走。

「看見沒？這就是你們對待寶貝兒子的方式。」賀濔焱收起了符火，擦了擦滿額頭的汗。「用怨恨跟想念把他重重鎖住，連法事與超渡都沒有辦法讓他升天。」

父親望著站在自己面前的兒子，賴振傑越逼近父親，身上的枷鎖就越重。

賴振傑淒苦的望著父親好一會，又轉向了賀濔焱。『回……家……』

「你們都步向魔化，已經不是超渡就可以解決的了。」

賴振傑突然打掉賀濔焱手上的打火機，『我……要……回……家……』

「你聽見沒有！」父親高舉雙手，往賀濔焱頭頂揮去。「我兒子要、回、家——」

砰剎！

兩顆鐵球從父親的後背打去，一路刺穿，從前胸竄出，賀濔焱及時以汗水設下一層結界，他可不想被噴得滿臉都是屍漿爛泥，父親的胸口被打爛兩個洞，他忿怒的回首，看見的是應該已經被他扭斷頸子的惜風。

「我不會死。」她定定的望著他，把從小雪脖頸上取下來的那條紅繩法器塞進他的胸膛裡。「這是為了小雪！」

她哭喊著把鐵球拔了出來，狠狠的再往父親頭上砸去！

「嗚——」父親來不及喊叫，他的下巴被打掉了！一下、再一下，就算父親的頭顱被砸爛了，惜風也沒有打算鬆手！而體內充滿各種符咒的父親開始融化，他掙扎的想站起來，卻無法抵抗惜風瘋狂的敲擊！

而父親心心念念的賴振傑並沒有多看他一眼，他背負著幾百條亡靈的執念，痛苦的向賀濡燚求救：『回家……』

束縛著他的人被惜風瘋狂打到連頭顱都消失了，他身上的鍊子也漸漸減少，但賴振傑完全不在意，他一心只想著要回家。

緊接著亡靈們再度行動，他們連身體都扭曲了，對著賀濡燚狂吼咆哮著。『家！家！』

接著眾亡靈以排山倒海之姿衝了過來，賴振傑瞬間被掩埋在裡頭，再度相融，變質魔化的亡靈們、手持結印卻被打散的賀濡燚、才恢復理智抬首的惜風，一切都在同一秒中——靜止。

「站住！誰敢過來！」惜風竟然衝著亡靈大喊，而他們也止住了。

是的，范惜風已經發現，身為死神的女人，就跟貓一樣都是寵物，她的話有命令跟恫嚇的作用！

她原本就是寵物不是嗎？

賀濂焱吃驚的望向她，亡靈只是暫時的遲疑，並不能拖太久，望著惜風，他們在測試她的力量。

但緊接著地面再度劇烈晃動，他們已無法站穩，亡靈們則發出一種恐懼的哀鳴，紛紛退縮。

摔在地上的惜風直接跌進父親的肉灘裡，她努力的想把自己的頸子喬回來，疼痛感依舊，這時，她突然感受到一股駭人的熱！

賀濂焱完全不必碰觸，那股熱從腳底竄遍了他全身——這股熱，沒有人比他更熟悉。

『喵喵——』小萌的聲音終於出現，『喵死臭狗！』

BlackDog？龐大的黑狗不知從哪兒出現，眼看就要往賀濂焱的頸子咬去，惜風及時扔出鐵球，BlackDog 一躍閃過，落上了地。

但是銳利的前爪還是掃過了他的臉頰，劃出三道鮮血痕。

賀濂焱低咒了聲，忍著疼，惜風緊張極了，這是他第二次看見 BlackDog 了！

亡靈們抱頭哀鳴，蜷縮在一起，賀濂焱站在原地感受著熟悉的氣味，巨狗立定在他與惜風之間，小萌則現身在惜風的肩上。

克里斯不敢相信眼前所看到的這一切，他幾度咬了指尖，直到流血了才相信這是真的！

「第二次見面了。」賀瀮焱忽然一掃之前的疲態，露出輕鬆的微笑。

呼嚕嚕……BlackDog 紅色的雙眼瞪著他，突然張口，口內漸匯集成橘紅色。

「小心！牠會噴火燄！」蘿莎緊張的大喊，BlackDog 轉身一瞪，口中的火燄直接朝蘿莎射去！

賀瀮焱一抹臉上的血為水，朝蘿莎濺去，結界瞬張，第一時間阻擋了那團火燄球！

真的是火球！惜風一顆心跳得急速，BlackDog 不只看到三次就會死亡，口中甚至會噴火……這個妖精未免太驚人了！

「玩火是嗎？真有意思！」賀瀮焱勾起笑容，「我也最愛玩火了。」

咦咦！惜風眼尾瞟向右方，瀮焱忘記了嗎？剛剛打火機被賴振傑打掉了啊！掉在兩公尺之遙的地方，沒有打火機的話，他要怎麼對付那隻 BlackDog！

BlackDog 發出狂吠聲，縱身一躍朝賀瀮焱撲去。

「喵——」在肩上的小萌發出一聲長長的貓叫，尾音拖得既長又極具諷刺意味，聽得惜風一陣寒顫。

「小萌？」為什麼她覺得牠似乎是在笑？

眨眼間，撲上前的 BlackDog 忽然燒了起來！

那是璀璨的橘色火燄，瞬間包裹了 BlackDog 全身，牠發狂的嚎叫著，重重的摔落地後，開始在地上蠕動，連站起來的力氣都沒有……火燒得很旺，但是絲毫沒有延燒，單純的就只燒那隻狗。

賀濰焱的瞳仁裡跳躍著火光，看著 BlackDog 化成灰燼。

這真的相當驚人，那麼大隻的兇惡妖精，在短短數秒內完全化為灰燼，夜風一吹，立刻四散，連點殘影都不見。

賀濰焱從容的張開雙手，火燄竄上他的手。

「我從來沒有離業火這麼的近……」他做了一個深呼吸，「這裡充滿了業火的能量！」

賴振傑恐懼的向後退，每一個亡靈都嚇得魂飛魄散！

「換你們了，不是想離開嗎？」賀濰焱轉向亡靈們，臉上被火燄照得閃閃發光。

「……不！」蘿莎恐懼的撲上前，「請不要傷害他們，他們不是故意的……你用業火的話，他們連靈魂都不會存在的！」

「這點用不著妳提醒。」他當然知道使用業火會有什麼下場，「但是我不動手，這些傢伙也不見得會放過我。」

「會、會的！」蘿莎趕緊衝上前，「Peter，Peter！放手吧！你們不是他的對手！」

『HOME……』死靈們就算深陷恐懼中，還在重複著唯一的想望。

「瀟焱……沒有別的辦法嗎？」惜風也開口了，「他們只是想要回家而已，那是生前死後唯一的想法，只是出了點差錯……」

沒有想到賴振傑的靈魂會被無知偏執的父母綑綁住，無法超渡，連帶著無法帶大家升天！

「小雪怎麼了？」賀瀟焱雙眼瞬也不瞬的瞪著眼前一票不敢輕舉妄動，卻又越來越多的亡靈們。

業火只是阻擋他們的行動，不等於抑制他們的增幅或是魔化。

但最終，一樣可以燒乾他們。

「她……」惜風擔憂的回首問著克里斯，他皺著眉，表情難看的望向她，看樣子情形並不樂觀，她是還活著，但是很痛苦，推測脊骨全斷了！

至於尼克，也還有口氣在，但是他說他腰部以下已經沒有感覺了。

「她不是他們害的！」蘿莎還在求情，「她是那個父親害的！」

「我沒說是他們害的，妳緊張什麼……」賀濡焱笑望著蘿莎，「妳好像很同情他們？到底是為了 Peter？還是為了這群亡者？」

「都是！這是不一樣的感覺！」蘿莎焦急不已，但是惜風卻看見，她不再流淚了！

「每一個人都是無辜的！這些被捨棄的人……入山的 Peter，他的確犯了錯，但是不至於灰飛煙滅……」

蘿莎不再哭泣，就表示不會有人死了，所以尼克不會有事、小雪也不會有事，剛剛她的淚水來自於她……她會被 Peter 的父親掐死，但是海妖不知道她不會死。

「淨化他們，讓他們可以回到原本的地方。」惜風上前一步，「你一定可以的。」

「妳知道這要耗多少力氣嗎？」賀濡焱皺了眉，言下之意就是他可以，但是他不願意。

這些亡靈只要不傷害到惜風和小雪，就和他一點關係都沒有，要他耗費這麼大的能力在這些亡靈身上，並不是他的作風。

『喵交換吧！』小萌忽然出聲，跳了下來，『喵交換條件！』

「交換條件？」賀濡焱睨著小萌，真糟！他有不祥的預感……這隻心機貓該不會一

開始就在策劃著什麼吧！

『喵開門。』小萌繞到了蘿莎附近，『喵只有她能打開門！』

蘿莎不明所以的望著賀瀶焱，她聽不到小萌說話。

「開門？妳會開什麼門嗎？」賀瀶焱狐疑的問向蘿莎，她的臉色瞬間慘白，緊接著倒抽了一口氣。

噢噢，真的有道門是蘿莎可以開的啊！

「不……我不能這樣做……」蘿莎顫抖著搖頭，「那太危險了！而且必須犧牲一個人，我不行！」

『喵！』小萌衝著賀瀶焱一笑，『喵打開地獄之門，就幫她淨化這群難吃的傢伙！』

「地獄之門？」賀瀶焱錯愕極了，忍不住高喊起來。「這裡有地獄之門？」

「呃……有啊！」

快被遺忘的克里斯在後方錯愕的出聲，大家倏地回首，他正在為尼克止血包紮。

「剛剛這個地震，就是因為赫克特火山啊，最近火山活動比較多一點。」他被注視得很尷尬，「赫克特火山，就叫地獄之門啊！」

啊啊啊！賀濰焱望著手上的火，原來地獄之門就在這裡，難怪他會聞到濃厚的硫磺味，難怪業火會這麼容易引來，地熱如此源源不絕，就是因為他的腳底下便是地獄嗎？

「我們要去地獄嗎？」惜風不明白，望著小萌。「妳要我們到這裡來，就是為了那扇門？」

『喵當然。』小萌靠近惜風，尾巴捲住她的手。『喵妳得進去。』

她？惜風瞪大雙眼，賀濰焱立刻喝斥小萌不要亂開玩笑。

小萌綠色雙瞳望著她，惜風有一瞬間突然理解到，地獄之門後頭的含意……小萌口口聲聲說要幫她對付死神，而地獄裡，是否就有答案？

「喵～」小萌適時的喵了一聲，像是給了她一個肯定的回答。

「我得進去。」惜風鄭重的望向賀濰焱，「這是我必須走的路！」

賀濰焱深吸了一口氣，進入地獄，就能夠探查到死神的弱點？或是如何脫離死神嗎？

「妳能開啟地獄之門嗎？就一句話——我淨化他們，讓他們回到該去的地方，但是妳必須幫我開啟地獄之門！」他指向了蘿莎，「沒有花招，也沒有任何但書！」

蘿莎花容失色，看得出來她既害怕又難受，但是沒有哭泣……惜風望著她覺得有些

難過，想哭時哭不出來，不想哭時卻哭到雙眼都紅腫了。

「妳不是一心想幫他們嗎？這應該很簡單的。」惜風握住了她的手，「還是妳在擔心什麼？」

「要犧牲一個人的！我不喜歡……我跟其他妖精不一樣，我不能殺人！」蘿莎喊出了她的恐懼，差點把惜風的耳膜給震破。

「我自願！」惜風立刻開口，「妳沒有殺人，我自願犧牲！」

咦？蘿莎錯愕的望著惜風，彷彿她說了很離奇的話語。

「這是怎麼回事？你們到底在說什麼！」克里斯露出非常不可思議的表情，但至少他聽得懂「犧牲」這個糟透的單字！

「由妳決定！」賀瀟焱忽然走向亡靈們，作勢要燒毀他們。

「不——我開！」蘿莎激動的喊出聲，喊完又一陣心虛，完全不知如何是好。

惜風溫柔的搭上她的肩，微微一笑。「我不會有事的，妳儘管開門。」

她瞥了賀瀟焱一眼，目光充滿感激。

「等我一下，我陪妳去。」他說著，拿出了十字念珠。

『喵不行！』小萌緊張的說，『喵你不能去！』

「為什麼？」

『喵是地獄啊！』小萌哼的一聲，『喵笨蛋！』

讓惜風一個人去？賀濔焱一點都不覺得這麼做很妥當，他遲疑著，與惜風四目相對。

「我不會有事的。」她冷靜的說著。

經歷過這麼多，地獄還有什麼好怕的？

她的人生，就是活生生的地獄啊！

蘿莎踉蹌的起身，帶著惜風往遠方走去，賀濔焱沒有辦法追，小萌要他待在原地淨化這群亡靈，因為地獄之門開啟時，是不能有人類在附近的。

克里斯小心翼翼的檢查小雪的背骨，發現幾乎都已經全部斷裂，他咬著牙往一旁的林子裡去，折斷樹枝要為她固定。

眼前橘火一片，他沒見過這麼真的魔術……不，他知道這不是魔術，這群人不是普通人，被掐斷頸子卻站起來的女孩，手裡有火燄還能對付鬼的男孩——

克里斯開始低聲祈禱，祈禱著大家都能平安。

「喂，你！」賀濔焱忽然叫了他，「你在祈禱嗎？」

「……是！」

「大聲一點，他們想聽。」聖歌聖樂或是祈禱，當地人絕對比他在行多了。

克里斯深吸一口氣，開始默默唸著禱告詞，賀濔焱有樣學樣的模仿，他背幾次就是背不純熟，依樣畫葫蘆還不如這真誠的禱告有效。

火蔓延到每一個亡靈的身邊，繞著他們形成一個大圓，但是不燒及他們，反而徹底的進行超渡與淨化。

遠遠的，兩個女孩已經消失，在更遠的山口上，有熱氣噴發。

「我開門會耗費很大的靈力，妳出來後可以……不讓那隻貓吃掉我嗎？」蘿莎帶著恐懼的看著惜風，「而且把我放回海裡？」

惜風微笑，她懂了，原來開啟地獄之門，會把海妖打回原形。「我答應！」

『喵！』小萌傳來抗議的聲音，難得有海妖這麼可口的妖精耶！

而密林附近的亡靈們一個個分離，一個個恢復死前的模樣，雖然不至於太好看，但至少他們能笑著離開。

蘿莎唸著聽不懂的語言，擱在山壁上的手綻出橘光，她步步後退，壁上出現了一道橘色的線條，接著繞出一扇門的形狀。

賴振傑身上的鍊子一一斷裂，大鎖掉落地面，他的身子變得好輕好輕，慢慢往上飄

浮，這時的他雙眼清明，望著賀溦焱，再悲慟的看著地上的一灘爛泥。

「我不能救他們，他們必須被業火徹底淨化。」賀溦焱仰望著他，只是說明，不是道歉。

他不會為瘋狂殺人又魔化的傢伙致歉。

惜風的眼前打開了一扇門，裡頭熱氣竄出，滾滾橘浪，地面滿是熱燙的岩漿，就等著她的踏入。

她不會死，但事到如今，她承認自己有點動搖。

「妳確定？」蘿莎問著，「這樣的犧牲是為了什麼？」

惜風怔了住，回首對著蘿莎劃上微笑。「自由。」

她突然不再遲疑了，一腳踏了進去。

賀溦焱唸完咒語，配合著克里斯的禱詞，最後一句「阿門」落下，橘火轟然一炸，像是火龍一般越過整片山林，飛向遠方的城堡，自密道鑽進了地堡內，淨化了困在裡頭兩百年的人們，緊接著再衝回賀溦焱身邊。

他高舉右手，火注入他的掌心，直至消散。

剩下一小簇火苗，燃燒地上的魔物，也就是開膛手傑克。

小小的火燃燒著，賀濂焱回身瞧著，遠遠的山壁上，也有一閃而過的橘光。

門關上了。

第十一章

未來之路

踏進岩漿的感覺沒有想像的痛，彷彿只是像在涉水而行，范惜風原本以為自己會化成一灘岩泥但仍舊活著的慘況，不過她涉過亮橘色如寶石般璀璨的岩漿後，毫髮無傷。

小萌在她肩上優雅的趴著，她想多半是小萌的緣故。

不過扣除掉腳下的冰冷外，這空間炙熱得讓她覺得快要融化，比站在台北市街頭還要可怕的悶熱，全身都逼近火焚。

她才進來，蘿莎開啟的門就關上了，裡頭是個洞穴，岩漿滾滾如溪流，她只有一條路，一直到數公尺後，才出現T字形的入口。

往左？往右？她揮汗如雨，用臉頰搓了一下肩上的藍貓。

「喵……」小萌只是叫著，似乎不能夠為她決定方向。

她思忖了幾秒，轉身向左方去。

踏出向左的第一步，火光照耀的洞壁瞬間消失，她腳下完全沒有岩漿，取而代之的是冰藍色的山壁……不，惜風往前觸摸，岩石成了半透明狀，這是冰壁！

惜風訝異的回首看去，她竟然站在冰穴當中？想要回身尋找來時路，那條岩漿路已經成了冰壁的一部分。

從高溫到零下，惜風呼吸間吐出白霧，她遲早會被極熱極冷的溫度搞到感冒！

小心翼翼的往前走，冰穴裡開始出現精美的冰雕，壁上也有雕刻，接著另一處挑高的洞穴裡還有冰雕的水晶燈、櫃子和桌子，美輪美奐，看得她瞠目結舌。

她走上刻好的階梯，那是另一處房間，方形的大冰室裡，角落還有豔紅的絨布沙發、金色復古雕像，水晶燈閃耀著光芒，冰桌上放著高腳杯，裡頭盛裝著紫色、藍色、綠色、銀色及灰色的液體。

她轉著圈觀察，沒事她是絕對不會去碰那些看起來就很怪的東西，但問題是……這裡有住人？不然怎麼會有這麼多家具。

『我以為是誰呢！』冷不防的，從沙發那兒傳來聲音。『原來是俄羅斯那傢伙的貓啊！』

咦！惜風嚇得回身，剛剛空無一人的沙發上，現在竟然坐滿了人！

每一個人都披著斗篷，順應著杯中液體的顏色，紫色、藍色、綠色、銀色及灰色的人們……她詫異的後退，這些人的斗篷，跟「祂」的好類似！

『不過這個人類怎麼進得來？』紫斗篷像是望著她，『喲，是寵物呢！』

『咦……對耶，竟然是寵物！』綠斗篷像是打量著她，『怎麼口味都沒變啊？寵物都長得差不多。』

『來，小貓，這裡有好好吃的妖精，要不要？』藍斗篷張開掌心，一團小光竄了出來，跌落在地時，成了一個RedCap的模樣。

惜風當然看過，那是紅帽子！紅帽子皺著眉頭不明所以，回身看見斗篷群，立刻嚇得恭恭敬敬的站好。

不要離開我！惜風在心裡暗說著，結果小萌喵了一聲立刻跳離她肩頭，咻的衝向紅帽子，一張口吞了他。

見食忘友的傢伙！惜風忍不住咕噥。

「請問……」惜風態度非常恭敬有禮，「各位都是死神嗎？」

紫斗篷定定望了她兩秒，嘆了口氣。『我說俄羅斯那傢伙為什麼要插手啊？要來連點禮數都不懂！』

『誰知道俄羅斯那個在想什麼？他自己不是也有養寵物嗎？』藍斗篷也沒理她，大家開始討論起同事間的嫌隙了。

禮數？惜風可沒錯聽，她立刻從包包裡拿出隨身攜帶的盒子，所有的死意她幾乎都帶在身上，特別的、精緻的……她還在選要拿出哪一盒，就發現正前方的沙發區那兒安靜下來了。

不必抬首，她就可以感受到熱切的視線。

『妳帶了好東西來啊！』悠揚的笑聲響起，跟著在惜風身邊出現了一座冰椅。

『來，先坐下來。』

她遲疑著，卻不敢違逆死神的話，小心翼翼的坐上去，跟前立刻出現了一張桌子。

『讓我們看看有什麼好物！』聲音變得超級親切，怎麼態度差那麼多啦！

惜風把小盒子放上桌子，拿出來的也不敢再放回去，反正每天死亡的人這麼多，不珍惜自己生命的人更是不可勝數，要收集死意機會多得很，不必吝嗇。

她深吸了一口氣，小心翼翼的捧著盒子，恭敬的跪上死神們前頭的大冰桌，一一將盒子打開，像獻上供品般的謹慎。

每一個顏色的斗篷死神都湊了過來，看不見臉龐，但是惜風可以感受到祂們的雙眼亮了起來！

『這是自殺的死意，好堅決啊！』

『這個是被殺的嗎？那種不想死卻得死的結晶最美了！』

『這是被死靈虐殺的，包含著恐懼，真是漂亮！』

『哇……』紫斗篷拿出一顆黑帶紅，帶著特別色澤的結晶石。『這是……妖狐的

死意？妳連妖的死意都收集得到？』

惜風尷尬的笑著，這似乎不太值得炫耀？

以前死神曾經解釋死意給她聽，脫口而出的話語她銘記在心，死神們喜歡死意，有的死神會把死意做成裝飾，也有的喜歡服用，因為祂們都醉心於死亡的滋味。

所以從那時候開始，她就開始收集死意，用自己喜歡當藉口，事實上就是等著可用之時。

『說吧，妳千方百計到這裡來是為了什麼？』搶到妖狐死意的紫斗篷心情大好，主動問了。

「我不想當寵物！」惜風倒也不拐彎抹角，「我不要自己的人生被其他人控制！」

『哎呀，這可難了！妳當初是怎麼被當成寵物的？』藍斗篷第一句話就讓惜風心涼了一半。

惜風簡單的敘述了當年與死神相遇的情景，每個死神都了然於胸的咯咯笑著。

『一般人是瞧不見死神的，那些開天眼的是瞧得清楚，但是沒人會去找我們說話吧？』綠斗篷嘆了口氣，『妳啊，這麼楚楚可憐的望著祂求救，難得有人看見祂，難怪會被收成寵物！』

『再加上又是祂的菜！』銀斗篷補了一句，死神們挑起一抹笑。祂的菜？但祂又不是她的菜！

『為什麼要養寵物？你們也都有養嗎？』她再追問，『我是個個體，被當成寵物的日子是很痛苦的……』

『區區人類，能擁有不死之身本來就要知足了。』銀斗篷聲音陡然一沉，『多少人甘願變成寵物啊！百毒不侵又能預知死亡！』

『不能插手只是徒增痛苦！我寧願死，也不想要變成寵物！』惜風沒有被銀斗篷的氣勢壓倒，反而緊握著拳。『我有我的人生，祂沒有資格掌控我的人生！』

冰室裡的氣氛丕變，惜風知道自己這麼回嘴或許不敬，但是她不想要壓抑！她是來找解決辦法的，不是再來對其他人卑躬屈膝的！

『喲，這次的寵物有點不同。』綠斗篷忽然出聲，帶著笑意。『難怪祂會圈著妳不放。』

『寵物通常是拿來打發時間用的，讓我們過著跟人類一樣的生活，我上一個寵物是個很不錯的男人。』紫斗篷用懷念的語氣說道，『只可惜命不長。』

『是老得快，你嫌棄他了吧？』藍斗篷立刻打槍。

『他早在十三歲時就該死，我讓他多活了二十年，值得了。』紫斗篷可是理直氣壯，『我讓他在睡夢中離世，也算是仁慈了。』

惜風皺了眉，等等，厭倦了寵物就讓他們死亡？這跟祂說的不一樣啊！

『我不懂……你們不想養了就讓那個人死亡……可是我的死神不是這樣說的！』惜風咬了咬唇，『祂說要等我最美的時候再帶我走！』

無聲的訝異瞬間散開，每一個斗篷下的死神都錯愕了數秒，惜風感覺得出來，這不是常態！

死神們開始交頭接耳，用詭異的眼神盯著她，這讓惜風不舒服……她不喜歡不一樣，更不喜歡特別！

『祂碰過妳嗎？』紫斗篷忽然正首瞧向她。

「碰……」惜風怔了一下，「掐我脖子是很常，但如果你是指性，死神能跟人類……上床嗎？」

『不然妳以為我找個帥哥當寵物做什麼？』紫斗篷瞬間拉下斗篷帽，露出絕豔的容貌。

惜風嚇了一跳，那是個女人！到剛剛為止，聲音都是虛無縹緲的，現在才出現女人的聲音！

紫斗篷是個極度成熟豔麗的女人，死神也有女性？

『看樣子她還沒被碰過，我看那傢伙也不打算碰。』死神們又開始交頭接耳，『祂的目的可想而知了。』

「請幫我。」惜風趨前了身子，「我願意收集更多的死意，還是你們需要特別的死意我都可以收集，就是請——」

『我們不會阻止同類養寵物的，人類如此脆弱，妳能怎麼反抗？』銀斗篷冷冷的說著，『雖然我不能苟同妳那位死神的佔有欲，但是誰都不能阻止我們飼養寵物。』

餘音未落，銀斗篷啪的一聲就消失了，不再參與討論。

『我也不喜歡干涉這件事。』綠斗篷看了大家一眼，『難得的聚會被俄羅斯那傢伙毀了，呿！』

啪一聲，綠斗篷也消失了。

接著靜默了好一會兒，大家像是在等誰還要退出似的，惜風粉拳緊握，等待只要有

一個死神願意跟她說就好了！

『我知道俄羅斯那傢伙為什麼會出手了，我也不喜歡這種豢養法。』藍斗篷把玩手上的死意，『九尾狐在消逝前，應該有跟妳警告過什麼吧？』

惜風一凜，臉色瞬間慘白。

『死神要的不只是妳，還有妳的靈魂。』紫斗篷癟了癟嘴，祂也是持反對票之一。

『全然的佔有——妳不會有來生的！』

「不會有……來生？」

『妳連靈魂都被佔去了，祂不會讓妳投胎的。』藍斗篷邊看著手中的死意邊說，

『那傢伙還是不死心啊！』

「我……感覺不出來祂對我有這麼深刻的愛啊！」變態！惜風事實上很想這麼說！

『當然不是對妳。』紫斗篷明顯露出一抹輕蔑的笑意。

惜風接收到詭異的訊息，當然不是對她？那是？

『妳知道什麼是最美的時刻嗎？祂勢必是要保留妳最美麗的樣子。』紫斗篷凝視著惜風的雙眼，那凌厲的視線讓她覺得壓迫感十足。

她顫抖著，想起九尾狐被打回原形前，在她耳邊說的話。

不要動心。

「不能喜歡上任何人？」短短幾個字，如鉛般沉重。

當初九尾狐對她說那四個字時她不懂，可是卻在她心頭久久，而今這邊的死神再次提到了這件事，讓她抑不住內心的恐慌。

『女人在戀愛時，最美。』紫斗篷眉一挑，紅唇勾起豔笑。

所以她不能動心？不能喜歡上任何人——否則在她陷入愛情的某個時間，祂就會帶走她？

賀濡焱的模樣一瞬間閃過她的腦海，她還不知道什麼是愛！但是如果她真的完全愛上賀濡焱的話……她就會被死神帶走。

永生永世，連來生都沒有？

這跟絲妮克有什麼不同？一生只有一次的愛戀？至少絲妮克最後還能在愛人懷裡甜蜜的融化，那她呢？

『我們的同事裡，變態還真不少。』

『好了，妳在這裡太久了！再待下去，回去後祂會聞出妳曾跟別的死神接觸過。』藍斗篷也站了起來，『這裡的死意我們就收下了。』

「沒有別的辦法嗎?難道我要一輩子不動心,祂才不會帶我走?」惜風忍不住哭了起來,淚水不停的掉。

『不,就算妳一輩子不動心,只是逼祂在妳年華逝去前帶妳離世而已。』紫斗篷突然一揮手,惜風身後的山壁瞬間融化出一道門。『我勸妳把腦海裡那個人抹去,要是讓死神知道,後果可不堪設想。』

「我非得受死神的掌控不可嗎?為什麼是我!為什麼身為死神卻可以這樣為所欲為!」惜風尖聲吼了起來,這不公平!她千里迢迢來到這裡,不是為了得到更絕望的答案。

『世界上沒有事情是一定的,答案早就在妳面前。』

咦?

一直沒參與討論的,是在角落的灰斗篷,此時祂突然出了聲。

紫斗篷眉一皺,揮手將惜風往洞外揮去,她什麼也沒來得及問,只感覺到自己被高速的力道揮彈出去,不禁尖叫出聲。

「喵!」小萌立刻追上,在洞口合起來前鑽了出去。

但是,灰斗篷的聲音還是傳進了她腦子裡——『妳脫離不了,是因為妳的心。』

人，本來就能掌握自己的命運。

※ ※ ※

自信滿滿的賴振傑在進入山區後沒有一個小時，就因為不小心滑落山崖導致失去了方向感，他有些慌張的穩住情緒，開始憑著登山的經驗確定方位，結果卻越走越遠。

擔心的蘿莎利用妖力打電話給他，又得假裝自己是個人，想不到這樣的援助反而讓賴振傑拒絕，他相信自己的登山本事，不需要這種救援，甚至還自信的跟她相約一起吃晚餐。

然後他就步入了死亡之路。

重點在他休息的山洞，原本可以相安無事的，但是他的無助哭泣與黑死病的亡靈產生共鳴，接著某天在山洞中，發現了洞內殘存的遺骨，卻因為恐懼及焦慮，褻瀆了遺骸。

他把害怕化成行動，衝著遺骨辱罵，還拿石子扔，認為那是不吉利的象徵，脫口而出：「無能的傢伙才回不了家！我可不會！」

歸鄉已經是亡靈們留在世上唯一的想法，賴振傑既準確又粗莽的喚醒心有怨懟的亡

靈們，所以他們被喚起，出現在賴振傑面前，要這個「有為的」傢伙帶他們離開。

被嚇、被拖拽都是芝麻小事，賴振傑在恐懼與逃亡中過活，他身上僅有觀世音的平安符，不足以抵擋意念強大的死靈；他甚至連水源處都去不了，因為亡靈們要他品嚐相同的滋味。

又餓又渴，活活等死的感受。

最後，他被重重死靈包圍，無助的他承諾會帶亡靈一同離開，如果他能得救，勢必超渡他們。

但是他不知道自己壽命將盡，亡靈們憑藉著這兩百年來珍貴的承諾，所有靈體相連，他們的願望跟賴振傑一致，只有回家。

賴振傑失溫死在山裡，前一夜蘿莎哭得泣不成聲，她知道他已經死亡，卻不能任意干預，只能巧妙的引導，直到搜救隊員找到他；所有的靈魂等待被拯救，結果無人預料到，賴振傑父母偏執且不明理的想法，阻礙了一切。

別說亡靈們無法一起被超渡，就連賴振傑本人的靈魂也被重重鎖住，連透氣都成了問題。

很多事情不是只有單一個原因，賴振傑的遭遇從過度自信開始，只是沒人想到事後

會有如此多的環節，連成一串可悲的境遇，最後甚至殃及池魚。

「愛之，適足以害之」，這句話不一定適用於活著的時候，死後也通用。

葛宇雪也很無辜，她被開膛手傑克甩出去的那一瞬間，撞上岩壁，疼到立即暈了過去。

她的手腳全數骨折，脊骨甚至斷成三截，克里斯已經很小心的固定了，但她骨頭碎裂的程度讓他根本不知道該怎麼固定；經過醫生急救診療後，她被判定終身癱瘓，要是這兩天還無法清醒，就會被宣判腦死，醫生希望惜風他們儘快通知她的家屬。

但是，事發兩天後，葛宇雪睜開了眼睛。

她還伸出手把氧氣罩拿掉，跟一旁在進行例行檢查的護士要水喝，嚇得護士花容失色。

再照了一次X光，骨頭一根都沒斷，甚至連一處傷口都沒有，醫生瞠目結舌，把她當成醫學界的奇蹟。

小雪說她作了一個夢，夢見在醫院的窗台上有個可愛的小妖精，像是彼得潘裡的溫蒂，只是那妖精是紅髮圓鼻，還是個男孩。

小萌說那是（可口的）Pixie，身高只有三十公分的活潑妖精，平常喜歡惡作劇，不

過遇到年輕少女就會失神！真的遇到可愛迷人的少女，也會願意做好事。

惜風記得小雪說過她住在倫敦的第一晚，就夢見過小妖精了，那時惜風沒想太多，看來 Pixie 一開始就迷戀上她了。

賀濡焱只是淡淡的說：小雪也能算可愛迷人的少女？這也太狗屎運了吧！

在徹底淨化亡靈之後，惜風在蘿莎的引領下回來，但她旋即化成迷你版的海妖，被裝進賀濡焱帶的水瓶裡；山城下的屍體被其他的搜救隊員發現，早就展開搜山活動，克里斯利用無線電聯絡上夥伴，將大家順利救出。

尼克不如小雪幸運，刀子砍斷他的脊髓神經，下半身確定終生癱瘓，小雪醒來時他還在昏迷中。

目睹一切的克里斯接受這樣的命運，照實說出開膛手傑克其實是 Peter 父母的事實，但是他沒說出魔化的關鍵，只說撞見了兩百年前的亡靈，而開膛手傑克被鬼帶走了。

這裡的人當然相信鬼，對這樣的說法只是唏噓，沒人想到那對台灣籍夫妻竟然隱身在英國，還裝成開膛手傑克四處殺人；開餐館是真的，因為他們是活人被附身再魔化，所以平常跟一般人沒什麼兩樣。

在店裡的冰箱內找到受害少女被割下的屍塊，上頭還貼有姓名標籤及罪名，這對夫

妻是照著賴振傑遺留下來的錄音及旅遊日記當「罪證」，一一殺掉協助他旅遊的人們。

會仿照開膛手傑克的手法，是因為夫妻倆都是醫生，原本是想要私下復仇後再潛逃回台灣，怎知愛丁堡裡不全是善良的亡靈，他們呼喚著邪惡的靈體，導致附身後，讓活人變了質。

當地警方在賀濚焱的說明下，在城堡一樓找到海倫娜的屍體，她死得很慘，當時夫妻倆已經完全瘋狂，也不在意是否要模仿開膛手傑克的手法；海倫娜是被釘在牆上的，嚴格說起來，警方衝進去時，是看到「皮」被釘在牆上。

海倫娜的皮整張被剝下，釘在牆壁上，失去皮膚的軀體被切割得體無完膚，當然，他們沒忘記把她的肚子剖開，腸子拉出，好整以暇地擱在右肩，這一次沒有割走任何女性性徵，因為他們剝了皮。

在陰暗且禁止遊客進入的地下室找到了貝蒂的屍體，嚴格說起來只找到手的一截而已，其他只能從大片的血跡跟某些殘餘組織，驗出是貝蒂的DNA，連骨頭都沒找到。

至於阿米莎是搜救隊員在找到克里斯他們前就發現的，基本上是被亂刀砍死的，胸部、腹部、四肢都被手術刀剖開，內臟全數被挖出，依照驗屍報告，開膛手傑克在做這些事時，阿米莎是活著的。

警方也不知道該怎麼結案，因為開膛手傑克最後只剩下那件沾血的斗篷跟手術刀，還有燒乾碎掉的頭顱跟手，最終只好以自焚結案。

開膛手傑克從開始殺人到死亡，一共殺掉七個女生，全數是和半年前發生山難的Peter Lai有關係的朋友；至於愛丁堡的山難搜救隊也慘遭池魚之殃，四位隊員死亡，兩位輕重傷。

英國媒體大肆報導這二十一世紀的新開膛手傑克，來自於為子瘋狂、不明是非的母親。

至於父親……由於被賀濡焱燒乾了，只能當作失蹤人口處理。

賀濡焱明白父母的愛，但是愛到沒有是非，一味的把錯推到別人身上，忽視最大的錯誤來自於孩子，他就無法接受。

有人會說那是因為他尚未為人父母，但這理論說得像是只要為人父母就可以不管是非黑白，他並不同意；拿他的父母來說，不管扯到他、甚至親人，或是再好的朋友，他們絕對以理相待。

因為這個世界如果連基本道理都不遵循，勢必就會大亂。

他也是如此，這就是為什麼他再喜歡那個女孩，還是會燒死她是一樣的道理。

今天換作是他與厲鬼合體，他父親也絕對不會猶豫的解決他。

如果那對父母知道自己錯誤的執念導致孩子無法升天，或許會改變一下想法……事實上，當在世親人有過多的不捨與執著時，逝者都無法安心上路，他們會被無形的愛與思念束縛住，就算想走也走不了。

綁住對方，這不該算是愛。

「將將，亮麗如新！」小雪從廁所走出來，抱著那兩顆鐵球炫耀。

「那個東西到底是哪裡來的？」已經把行李拖出來的賀濔焱無奈的望著她。

「我姊找金屬加工的人特別訂做的，然後再拿去萬應宮加持！」小雪珍惜的擦著每一根鐵刺，「這次出來時很趕，未來還要在上面刻符咒。」

「……」賀濔焱望著那個「兇器」，別說是對付鬼了，就連人被打到都會腦袋開花！

「妳何不乾脆帶把刀子算了。」

「不行，我姊說刀子是她的專利，所以才幫我想了這個啊！」小雪瞇起眼笑著說，抱著她的鐵球走進房間裡收拾行李。

他們今天回國，從愛丁堡回來後，履諾的把海妖放回海裡，小萌說她得再等一百年才能恢復人形。

原來開啟地獄之門需要犧牲這麼大……但是她還是願意為了賴振傑、為了兩百年前的亡靈犧牲，真的是個心地善良的妖精。

後來他們去倫敦市區走走看看，去大笨鐘拍拍照，倫敦鐵塔留個影，惜風從離開地獄之門就變得沉默寡言，甚至刻意與賀瀮焱保持距離，就連小雪問她在裡面發生了什麼事，她也是半句不吭。

賀瀮焱可以感受到她的冷漠，在地獄之門裡一定發生事情了；但她總避開與他獨處的機會，不願與他多談。

望著敞開的房門，他思忖了一會兒，忍也忍夠了，他不想帶著疑慮回去。

死神現在盯她盯得很緊，不若以前還能利用網路交談。

賀瀮焱站了起身，直接往惜風的房間走去，二話不說的關上房門，還順便落了鎖。

「咦？」惜風嚇了一跳，轉回身時，看見門口站著賀瀮焱。「你做什麼！」

「有事要談。」他走近她，惜風卻只是慌亂失措。

她得離開，她要立刻離開這個房間，不能與賀瀮焱獨處！

丟下還未整理的衣物，惜風從旁繞道，直往門口衝去，但是房間才多大，很快的就被他攔腰擋下。

「賀濡焱！」她氣急敗壞的喊著，過度排拒的態度只是讓人起疑。

「妳在地獄之門裡遇到了誰？他們說了什麼？」他索性扣住她，直接將她圈在懷裡。

「我說過那是不能說的。」她別過了頭，「但至少我知道我有機會應付死神了！」

「有機會？只是有機會？」賀濡焱加重圈住她的力道，四處張望。「小萌！」

「喵！」小萌就趴在窗台上，懶洋洋的晒太陽。

「妳到底帶惜風去了哪裡！為什麼會有人知道可以脫離死神掌控的方法？」

只見小萌靜靜的望著他，優雅的站起，哼了一聲，尾巴輕蔑的一掃，咻的就從窗縫跳了出去。

懶得理你。

惜風咬牙怨嘆，怎麼這麼沒義氣！

「妳用這種態度對我是沒用的。」賀濡焱語重心長的對她說道，「給我個理由，或許我會配合，但什麼都不說？嘖嘖。」

范惜風拚命掙脫未果，賀濡焱的力氣很大，最終她放棄掙扎，痛苦的閉上眼。

「我問你一件事，你為什麼要這麼幫我？」她揚睫，眼神疑惑不解。「我們非親非故，從你到日本來幫我開始，我就想問——到底為什麼？」

「……不知道。」賀濂焱深吸了一口氣，他知道這麼說只是自欺欺人。「好，因為我看不慣妳。」

「看不慣？」

「我知道妳身邊有死神，我看見妳被詛咒……我就是無法坐視不管！我想讓妳脫離這個既定的命運，在一切都還來得及之前！」他有些激動，「我不允許自己再犯第二次錯誤，現在的我跟過去已經不一樣了，我能夠防患未然，我也能——」

柔軟的唇忽然觸及他的，惜風捧著他的臉，踮起腳尖吻上了他。

他愣了一下，但是沒有遲疑太久，開始深深的回吻著她……晶瑩剔透的淚水自眼角滑落，惜風明白，這一切不是為了她。

是為了賀濂焱心底的疤，那個他親手以業火燒死的女孩，還梗在他心裡。

那女孩意外被詛咒、意外的與魔物合體，如果不燒死魔物，魔物便能為非作歹，害死成千上萬的人；但如果燒死魔物，那無辜的女孩將會一起死，連靈魂都不會剩下。

他怪罪自己沒有早一步發現詛咒、怪罪自己沒有察覺到魔物嵌在女孩的靈魂裡，明明是擁有靈力的人，卻因為不成熟而導致無法挽救的後果——而他唯一能做的，竟然是親手燒死她。

所以，他在她身上看見了那女孩，一個被詛咒的生命。

纏綿的吻刺痛著她的心，賀濔焱說過並非把她當成誰的代替品，但他的潛意識裡只是希望藉由救贖她……達到救贖自己的目的。

但不管是為什麼，她都感念於他的關心與幫助。

依依不捨的離開他的唇，惜風的淚水已經模糊了視線，她擠出一抹笑容，緩緩離開了他的臂彎之間。

「這個還你。」她取下身上的護身符跟佛珠，一直以來都是下機時才還他的。

他擰眉，為她拭去淚水。

「我在地獄之門裡，得到了可以暫時不被死神帶走的方法。」她依戀般的感受著他的溫柔，或許對她來說，賀濔焱只是第一個對她如此溫柔的人，才會讓她不捨。

「關於我嗎？」他猜到八九。

「我們不能再見面了。」她抬起手握住他的手腕，不讓他再為自己拭淚，從此以後她再不能留戀他這種親暱的動作。

他沒有即刻的反應，只是緊握住她還給他的護身符跟佛珠。

「為什麼？」

「因為你，會害我被死神帶走！」

賀瀮焱凝視著她，惜風回以堅定無誤的眼神，她沒有說謊，只是把自己的懦弱說成是他的錯。

他向後退了兩步，沒有任何激動的情緒，也沒有任何質疑，微微一笑，回過了身子。

「我知道了。」

他轉過身，背向了她。

扭開門把，把在外面偷聽的小雪嚇了一大跳，她尷尬得不知道該前進還是躲起來，只能傻笑。

范惜風一個人站在房裡，沒有追出去多加解釋，聽著賀瀮焱的足音漸遠，然後小雪慌張的跑向客廳，問他要幹嘛。

他說他要先走一步了。

「喵！」小萌從窗子裡躍了進來，不知何時來到了惜風的腳邊，輕輕磨蹭著，像是一種無言的安慰。

其實他們之間什麼也沒有，見過幾次面，沒有交往，也談不上是戀人，他因著過去的痛，她藉著無助的孤獨，才會互相產生依賴感。

惜風蹲下身，將小萌輕柔抱起，牠撒嬌般的依偎著惜風，似乎想要吸收她的情緒。真的沒什麼的，最多只是朋友，趁著什麼都還沒萌芽時，結束這一切就好。

小雪衝回惜風的房門口，想告訴她賀灝焱已經坐計程車先走了，但一到門口就說不出話來，因為惜風的身影看起來好落寞，她靜靜的抱著小萌，雙眼空洞的望著未收妥的行李箱。

「惜風……」小雪輕聲喊著，不知道惜風有沒有注意到自己滿臉的淚痕？

惜風輕輕撫著藍貓，這根本沒什麼的，她也不必再防備死神知道賀灝焱對她的重要性……回去之後，就把窗口那鈴蘭丟了吧。

只是，她不知道為什麼，淚水會無法停止滑落。

尾聲

即使坐同一班飛機，也沒有多餘的交集，惜風身邊坐了小雪，賀濎焱隔了條走道坐著，後來還很大方的跟別人換位子，讓朋友們能坐在一起，他則移到後面去。

下機時只說了句再見，是他們之後唯一的一句話。

小雪皺著眉說搞不清楚你們在幹嘛，惜風跟她說就是這樣了，跟賀濎焱之間到此為止。

「連朋友都不做？」她覺得莫名其妙的就是這一點，明明就還只是朋友階段啊！

「不做。」惜風回答得斬釘截鐵。

她過海關時跟賀濎焱中間隔著一個窗口，一出境就感受到冰冷，死神湊了上來，祂只要有時間，總會親自來接機。賀濎焱從她身邊掠過，不發一語，逕自坐電扶梯下樓拿行李。

『你們不是一起去玩？』死神低沉的問著。

「嗯，吵架了。」她擠出一抹苦笑，「以後你不會再看見他。」

『哦？』死神若有所思。

小雪三步併作兩步跑過來，才想開口，突然感受到不尋常的低溫……哇咧，她眨了眨眼，到口的話全吞了回去。

「妳……怎麼回去？」

「我坐計程車。」死神認識小雪，不認為她構成影響或威脅。

「好吧！我姊要來接我說！要順路載妳嗎？」

「不必，謝謝！」她們之間變得很客套，小雪笑得很尷尬，感覺得出來惜風也是。

『她身上有妖精的氣息。』死神打量著往前奔跑的小雪。

「她差點死在愛丁堡，是妖精救了她！」

『……又出事？』祂低吼出聲，『愛丁堡那女人跟我說相安無事的！這些人是怎麼了？為什麼都在騙我？』

女人？惜風一顫，難道是紫斗篷？

「不！我是沒事啊！」惜風趕緊轉移死神的注意力，「你別忘了，受傷的是小雪，不是我。」

死神仔細的打量了她一回，只有一些擦傷，但卻足以讓祂質疑。

『你們不是去玩？為什麼又帶傷回來？』祂的口吻像是命令她一定要回答。

「倫敦有開膛手傑克你知道嗎？我們被捲進了一些事情，但是我沒事。」事實上，是他們自願涉入這件事的。

『難道不能好好玩嗎？是妳說想要遊歷各國，我才會讓妳出國的！』

死神顯得相當惱怒，就算上了車，還在惜風耳邊碎碎唸。

但為了不嚇到司機，惜風都不回答祂的問題，直到回到宿舍裡，一開門看見小萌，她才覺得有救星了。

『妳跟去沒半點作用嗎？』果不其然，死神一見到小萌就開炮！

『喵你無聊。』小萌還從鼻孔哼氣，『喵旅行這樣才叫刺激嘛！』

『刺激？讓惜風受傷就是不應該！』死神一把拉過惜風的手，指著她臉上的傷痕。『平常我完全不會讓她受到一丁點傷。』

「或許我寧願受傷。」惜風猛然甩開祂的手，「我不需要你保護得這麼周到，我不需要！」

電光石火間，惜風連反應都來不及，就被一把抓住手腕，狠狠的往床上甩去！

她摔上床時輕哎了一聲，一陣黑影遮去了她的視線，她驚慌著伸手要抵，卻被緊緊扣住，直接往床面上架去！

「放開——」她尖吼著，對人生的忿怒一一被激起。

黑色斗篷漸而現身，她從來沒看過死神的模樣，被控制了十幾年，卻沒有看過這可

恨的傢伙到底長得什麼樣子！

她正面迎視著祂，卻只看到一雙眼睛。

如同祂給人的感覺，死神的眼睛是灰藍色的，渾濁深沉且不清澈，宛若雪地裡的冰岩一般！

『不許反抗我！』祂冷不防掐住了她的頸子，『妳是屬於我的！』

「我不是！永遠都不可能會是！」惜風使勁用雙腳踢著祂，「我要我自己的人生！你憑什麼奪走我的——喝！」

頸間突地被勒緊，惜風痛苦的往後仰去，冰冷的手勒著她，冰凍感瞬間瀰漫她的頸部以上……空氣進不來也出不去，惜風連叫都叫不出聲，只能難受的張著嘴……

然後，冰冷的唇忽然湊了上來。

死神輕柔地貼上她的下唇，這一吻簡直驚天動地！

「不——」惜風歇斯底里的別過頸子，抿起雙唇，瘋狂的扭動身子，展露出死神從未見過的一面！

她在數秒內被全然制伏，死神不需要碰觸她，就能讓她再也無法動彈。

大手箝住了她的下巴，氣息吹拂在她臉上。

原來，范惜風不如想像中的冷情啊……死神輕輕笑了起來，使勁一捏，逼得她無法再抿緊雙唇。

『不許……反抗我。』那聲音溫柔得令人毛骨悚然，惜風完全無法反抗，只能任其冰冷的唇瓣再次貼上她的。

答案就在她身邊，她聽進去了！她一定會反抗到底！

就算到了地獄，也絕對不會依從祂！

番外

開膛手傑克的消失

「嗯？」

他以為他的動作已經很輕了。謹慎的站在房門口，看著床上睡眼惺忪的女人。

「沒事。」他輕聲說著。

女人迷迷糊糊的嗯了聲，又倒頭睡去；男人站在門口一動不動，他不想過度驚擾被吵醒的妻子，直到感到她再度睡去，他才小心翼翼的往房子深處走去，來到廚房邊的地板，木板地上明顯有個上掀門，他拉開來後躡手躡腳的走了下去。

地下室，屋子的儲藏室，也是他專屬的地方，妻小都不能下樓。

將上掀門自裡頭勾上後，他長吁了口氣，滿是鬍碴的嘴角泛出一抹放鬆的笑容。

這個天地，才是屬於他的地方。

將油燈好整以暇的掛妥，朝桌上攤開油布，接著把他今晚的戰利品拿出來。

腰間一個袋子，用手掂著還有餘溫，湊近鼻前嗅得滿鼻的血腥味，事實上還帶著點香氣，是那女人身上廉價的香水味吧。

將袋裡的東西倒出來，都是內臟，他今晚的速度比上次更快也更精準，割開喉嚨、剖開腹部，一氣呵成。腦子裡緩緩浮現女人瞪圓的雙眸，張大嘴想尖叫卻叫不出聲的模樣，豔紅色的鮮血從她白皙的頸子裡不停的噴湧……她的眼睛是什麼顏色呢？他闔眼回

憶著，似乎是綠色的吧！

看著瞳孔從小乃至於放大，漂亮的綠色就此失去了生命，他就會有種滿足感，這個女人的生命，是由他親手奪走的啊！

油布上放著一個紅色的袋狀物，組織相當特別，他在上一個女人那邊得手過，這就是女人的子宮。他捧在掌心中仔細端詳，為什麼那樣的女人也配擁有子宮呢？她們要是懷孕，連孩子是誰的都不知道。生下來的孩子只能在那種骯髒的地方打滾成長，如果是女孩，會很早就步上其骯髒母親的後塵，若是男孩，也是在墮落的路上前行而已。

這些女人，早在一開始就沒資格擁有子宮。

就跟生下他的那個女人一樣。

明天，就用這個煮頓美味給孩子們吃吧，在那種女人身上沒用的東西，卻可以給他的家人補充莫大的營養。

※　※　※

倫敦警方這些日子來疲於奔命，殘忍的連環命案搞得他們焦頭爛額，近來總有妓女

遇害，死狀甚慘，割喉開膛，搞得人心惶惶，但倫敦如此之大，警力根本不夠，加上每次命案都發生在晚上，實在難以追查。

「開膛手傑克？」男人正在舀湯的手略頓了一下。

「是啊，你晚上別出門了，我很害怕！」妻子蒼白的臉色倒不是因為驚嚇，她生了第三個孩子後，身體就不好了。

「那個兇手一直殘忍的剖開其他女人的身體，很嚇人的。」

「……好像目前都是妓女吧？再怎樣有危險的也是女性，是妳別外出才對。」男人溫和的衝著她笑，「快吃菜吧，好不容易有肉。」

桌上擺了盤精緻的肉類料理，女人看著卻極捨不得吃，只想多撥點到丈夫餐盤裡。

「你老闆人真的太好了，這樣一塊肉都捨得送我們。」妻子邊說，真的把肉朝男人盤子裡送。「你辛苦工作，你該多吃一點……」

男人忙不迭的阻止她，把肉撥了回去。「妳才要多補補，生了湯姆後妳身體一直不好，要補也是先補妳。」

女人靜靜的看男人為她分菜，濕潤的眼眶裡滿是幸福，跟著淚水還滑下眼角，她緊張的趕緊抹了抹。

「怎麼了？妳哪裡不舒服嗎？為什麼哭了？」他焦急的問。

她搖了搖頭，握住了他擱在桌上的手。

「我只是覺得，我好幸福……我明明是大家都覺得不祥的女人，你卻執意要娶我，不在意別人的目光。」

「別說那些不愉快的事了！我娶妳是喜歡妳，我們結婚後不是都過得很幸福嗎？沒有不祥這種事的。」他寵溺的吻上她的前額，讓她快點吃飯。

女人甜蜜的笑了起來，抓著他吃力的起身，與之相擁。

「親愛的，為了這個家，你一定要一直好好的。」她仰頭，用楚楚可憐的眸子瞅著他。「千萬別離開我跟孩子。」

「我，永遠都不會離開你們。」他吻上她的髮。

女人旋身到廚房裡取杯子，她這一瘸一拐的腿，男人也從未嫌棄過。

「爸爸！」小女孩蹦蹦跳跳的從外面奔入，手裡拿著一把花。「爸爸、爸爸！」

「欸！」男人即刻放下餐具，將女兒抱了起來。「怎麼啦？」

「我想要花，戴在頭上！」女兒撒嬌著，將手上的花遞給了他，她想要編花環。

男人笑著點頭，說著吃飽立刻幫他的小公主編花環。女人笑看著這一切，她的丈夫

什麼都會，連女工都沒問題，尋尋覓覓總算讓她遇到對的人了。

「傑克，我來編吧！」她輕柔出聲，「你等等還得去工作呢！」

「我來就好，妳等等還有裡面兩個小的要應付呢！」男人貼心的說著，「快吃吧妳！」

女人點了點頭，她感恩於遇到這樣的男人，更希望這份幸福能延續下去。

※　※　※

他寫了封信給警戒委員會，嘲弄他們的無能為力。

他之前就寄過了，大方署名也不怕，整個倫敦城叫傑克的根本數不清，一抓一大把，他們無從找起。他每次動手的地方都很隱密，在她們慘叫前就割開喉嚨更不可能有呼救聲，他熟練的刀法能讓他在短時間內取下器官，每次動手，都會令他興奮莫名，一次又一次的挑戰極限。

有幾件事他本來很介意，例如伊莉莎白那件案子不是他做的，那麼粗糙的手法絕對不可能是他，還有好幾件謀殺案，連肚子都不敢剖開，怎麼可能會是他。

所謂的倫敦，外人覺得是個熱鬧的繁華之都，但其實那只是有錢人的生活，更多人是活在骯髒昏暗的角落，他們沒有希望，只是日復一日為了填飽肚子而活著。

一個人想殺掉另一個人的想法，每個人都有，只是敢不敢、或是苦無機會下手而已。

而他，彷彿提供了一個機會，一個讓他們可以解決掉眼中釘的機會。

他原本是想要在信中提及此事的，但轉念一想，如果他可以讓更多人幸福，那也沒什麼不好。

他將剩下的半顆腎臟放入信中，寄給了警戒委員會，上頭寫上「來自地獄」，他有種即將名留青史的快感。

下一個是誰，他其實不會介意，只要條件符合那女人的模樣，他手起刀落，就能再解決一個骯髒齷齪的女人。

說不定，他這位 Jack，終有一天能讓倫敦不再有那些女人的存在。

※　※　※

清脆的銅板聲在布袋中發出迷人的聲音，男人晃著小袋子，眼前的女人用痴迷且貪

婪的眼神望著錢袋，還嚥了口口水。

「你要什麼？」女人有雙碧藍色的雙眸，還有獨特的沙啞嗓音。「太危險的我可不做。」

「沒，只是要在大街上做而已。」

男人穿著風衣，戴著帽子，他低垂著頭，女人根本看不清他的臉，她看起來非常想一把抓下那袋錢，但又十分猶疑；回頭看著遠處另一個巷口的姊妹，想喊又不敢喊……一旦讓姊妹陪同，說不定會把客人嚇跑。

「大街上……雙倍。」她出了價，「要是被抓到我可就麻煩了！」

「但我想妳一定知道那種不會被人抓到的地方？」男人調侃的說道。

女人抿了抿唇，意圖一把扯下那袋錢，但男人眼明手快的收起了錢包——交易還沒完成呢。

「跟我走。」女人撩了撩紅色卷髮，提起裙襬轉身往巷弄裡走去。

男人滿意的跟在她身後，他腳步很沉，長褲下似乎穿著靴子，走起路來有種沉重的鐵片聲，咖鏘，咖鏘——咖鏘。

「我以為最近沒人敢出來了……」男人低沉的開口。

「人要生活啊，先生。」她回眸一笑，「肚子餓可比那個開膛手傑克可怕多了！」

「哦……說的也是。」他言不由衷，這群骯髒的女人，把這種下賤的賺錢理由說得如此冠冕堂皇。

穿過了約莫十公尺的小巷，來到另一個小廣場，這裡頓時人煙稀少了許多，女人謹慎的左顧右盼，像是也怕人看見似的。

「這裡行吧？」女人站在一處鐵門前，背靠在鐵門上，開始搔首弄姿。「我們速戰速決吧。」

她將領口扯低一點，露出渾圓的胸脯，接著伸出右手，擺動的手指向男人要著錢袋。

男人微笑，欺身向前，將她壓在鐵門上。

「為了這點錢，值得妳這樣出賣自己的身體嗎？」男人解開風衣釦子，「像妳們這種齷齪的女人，簡直就像地溝裡的老鼠。」

女人怒眉一揚，「你什麼意思……你——」她不爽的想推開男人，卻根本推不開然後，她看見他敞開的風衣下不是勃發的欲望，而是一把閃著銀光的刀子——咦？

她碧藍色的眸子瞪圓，狠狠倒抽一口氣。

「你是——」

唰！

刀子割開了她的頸子。

由左至右，再由右至左補上兩刀，鮮血噴湧而出，女人顫抖著叫不出聲，白色的雙手試圖壓住傷口止血，但誰都知道徒勞無功。

男人後退兩步，看著女人在數秒內倒地，浸浴在自己的血泊中。

接著，世界便進入了一片靜謐。

男人蹲了下來，毫不猶豫的一刀刺入女人的腹部，下切、割開，動作行雲流水，俐落得宛如醫生……他過去曾在一位醫師身邊待過，的確對人體構造稍有研究。

「子宮對妳而言是多餘的器官，腎臟挺好吃的，再拿一副……」他邊說，一邊把腸子拖出來，扯掉女人胸前的衣服，將血紅的腸子披在她雪白的右胸上。

女人的胸部真的很美，又白又光滑，襯著那鮮紅的腸子，頗有種藝術美。

他分開了女人的雙腿，看著她的陰部，然後又趨前望著她那死不瞑目的雙眼……拿刀捅進了陰部。

「妳不是很喜歡這樣嗎？喜歡被人這樣插著？」他一刀又一刀的戳著，「妳如果有孩子，他會以妳為恥的，妳在床上呻吟時，有沒有想過他們？」

每一天每個夜晚，他都是在男女歡愛的呻吟聲中度過，在母親怨恨刻薄的眼神裡度過，或是在她的拳頭中度過。

她心情好時會買糖給他吃，會抱著他說她愛他；結果當他重病得半死不活時，母親卻消失了。

常來的瑪麗阿姨說，她跟一個男人離開了。

而他是累贅，絕不可能帶他走，而且他已經大了，可以自己活下去了……不，是他必須學著自己活下去。

「妳根本不該生孩子的。」他揪緊女人的頭髮，使勁的捅了最後一刀。

快感湧上，就是這種酥麻感讓他對凌虐這些柔軟的身軀愛不釋手。

呼……他平復心情，將割下的內臟小心翼翼的裝妥，他在這裡待太久了，必須快點回去了。

『你有沒有想過，你能活在這世界上、能恨能怨，還能有家庭有孩子——就是因為那個骯髒齷齪的女人賜給你生命的？』

什麼？

這沙啞的嗓音，幾乎就在他身後……這是剛剛那女人的聲音啊！

他不可思議的回首，看著躺在地上的女人喀喀喀的轉動頭顱，該死去的雙眸眨了眨，接著撐起了身子！她半坐起身時，掛在右肩上的腸子跟著掉落，她伸手撿起來看了兩秒，竟塞回了自己的肚子裡。

而她被剖開的腹部正急速癒合，光滑到那兒彷彿從未被切開過。

男人僵住了，他腦袋一片空白，無法解釋自己看見了什麼，

『再髒再爛，你的命也是她給的，否則你還有機會在這邊殺人？還能擁有家庭？』女人站了起身，用手掌抹去酥胸上的紅血。

端詳了數秒後，伸長舌頭，舔著自己的掌心。

她真的是伸長舌頭，因為她的舌，有三十公分以上那麼長……他遇到了什麼！

『真是不知足的人類，怨氣這麼重……』她望著他，突然愉悅的笑了起來。『吃起來一定特別好吃吧！』

妖怪！跑！他一定得跑！

男人一咬牙旋身就要衝，但是他的腳卻無論如何都動彈不得，彷彿有人抱住他的腳……是有人真的拖住了他。

他低首看著，映在地上的黑影裡伸出了一雙染血的手，緊緊抱住他的雙腿，接著從

磚石子地面的影子裡擠出一張變形的臉孔，其實光線都被他的身體遮住，他還是能瞧見那雙綠色的眸子——前幾天被他殺的女人！

女人彷彿從隙縫裡擠出來的，臉骨被擠壓成直扁狀，努力的掙扎出來後又恢復成那日的模樣；接著又竄出另一雙手，照樣牢牢的圈住他，也是曾經死在他刀下的女人。

一個接一個，他們從腿部、一路往上攀住他的身體，牢牢的圈住他。

「哇啊啊——走——走開！」他驚恐的喊叫著，看著從地獄裡爬出來的女人們，她們一個個都是開腸剖肚的模樣！

都是被他剖開的女人——唰！

今晚的紅髮女子輕易劃開了他的喉嚨，接著再舔著她指尖裡的血，她有著如刀般銳利的黑色長甲，貪婪的舔著，望向他喉間的眼神如此飢渴，如同她稍早望著錢袋時一樣，甚至又嚥了口口水……原來她自始至終，都不是覬覦那袋錢，而是拿著錢的他？

『我說了，肚子餓比你可怕多了。』她伸出的舌靈活的舔了自己整張臉，嫣紅唇下已是尖銳的牙。『好好的日子為什麼不珍惜呢？』

男人瞪圓雙眼，感受著頸間的熱流汩汩，他伸手試圖壓住自己被割開的喉嚨……這是不是……跟那些被她殺掉的女人一樣……

『死吧死吧……』

『也剖開他的肚子吧！』

被他殺害的女人們在他身上嘶叫著，他漸黑的視線裡，最後看見的是紅髮女人喜出望外的神色，還有……似乎有什麼東西，從他肚子裡掉了出來。

※　※　※

杯子傾倒，牛奶溢流一桌，女人站在桌邊，感受到強烈的恐懼與痛楚，任杯子滾落在地，碎成一地。

淚水滴落在桌上的牛奶液裡，小女孩被驚醒的走出來，揉著眼睛不明所以。

「媽咪？」

「回去睡覺。」背對著她的母親痛苦的做了個深呼吸，回過頭望著小小的女孩。

她滿臉淚痕，跨步避開了玻璃碎片，卻是以正常人的步伐，走到女孩身邊抱起她，將她抱回了床上；其他兩個孩子仍在酣睡，女孩小手捧著媽媽的臉，感受到鹹鹹的淚水。

「媽咪，爸爸不會回來了，是嗎？」

女人詫異的看著女兒，鼻子又一陣酸楚湧上，她沒有點頭也沒有搖頭，只是為孩子蓋好被子，輕輕唱著搖籃曲，哄她入睡；女人擁有絕佳的歌喉，天籟之音，能讓孩子數秒內便能進入夢鄉。

她望著窗外，悲慟萬分，抹去流不盡的淚水，準備回到客廳收拾時，屋裡已經有了另一個人。

「妳找男人的眼光，怎麼就沒長進過？」

女人冷冷的瞪著黑暗中的不速之客，透過窗縫的微光，能見到對方有頭紅色的卷髮。

「至少他對我們很好。」她悶聲的蹲下來，收拾著碎片。

「他再殺下去，對誰都不會好，一旦曝光，你們早晚受到牽連，妳必須了解，開膛手傑克不能繼續存在。」

女人默不作聲，將碎片打掃乾淨，擦拭桌子後，站在流理台邊嘆息。她竟沒有預知到他的死亡？儘管她隱約覺得不安，也知道他身上的血腥味，可是她就是希望，他能為這個家、為他們好好生活。

「妳吃了他？」她轉頭望向黑暗問著。

黑暗中的女人漫步而出，拎著手上的袋子遞向她，袋子浸滿鮮血，還在一滴一滴的

向下淌著。

「留了些給妳，多少吃點吧，妳能力退得太多了，身體也不好！」

她二話不說的接過，打開袋子，白皙的手朝裡頭便抓出一把肉與內臟，囫圇吞棗的往嘴裡塞去。

「找時間回海裡一趟吧，長久待在岸上也不是辦法。」

「嗯。」

女人一邊舔著嘴角，一邊珍惜般的吃著她最愛的男人。

下一個男人，不知道會不會更好？

後記

這次寫《地獄門》的番外，其實跟本文沒太大關係，但我訝異的是我居然在這集就寫過班西了！一點渣渣印象都沒有，我還以為我沒寫過，我甚至今年寫報喪女妖時都完全沒記憶！

幸好都沒有重複，不知道這能不能算是一種本事哈哈哈！

番外書寫了開膛手傑克消失的原因，世紀之謎，真的很想知道當初這位連環殺手是誰？又為什麼突然停止殺戮了呢！

我在寫這篇後記時，世界終於要走向解封了，我再過半個月就要去日本玩了，真的在 2022 年底便能見曙光了！

最後謝謝購買本書的您，購書才是對作者最實質且直接的支持，沒有您們的購書，作者便無法繼續書寫，萬分感謝、銘感五內！謝謝！

希望世界於 2023 年重新起飛！景氣復甦，人人安居樂業，生活順利。

笭菁

異遊鬼簿II
地獄門
等菁作品47

作者	等菁
封面繪圖	Fori
美術設計	三石設計
總編輯	莊宜勳
主編	鍾靈
編輯	黃郁潔
出版者	春天出版國際文化有限公司
地址	台北市忠孝東路四段303號4樓之1
電話	02-7733-4070
傳真	02-7733-4069
E-mail	frank.spring@msa.hinet.net
網址	http://www.bookspring.com.tw
部落格	http://blog.pixnet.net/bookspring
郵政帳號	19705538
戶名	春天出版國際文化有限公司
法律顧問	蕭顯忠律師事務所
出版日期	二〇二二年十一月初版
定價	320元
總經銷	楨德圖書事業有限公司
地址	新北市新店區中興路二段196號8樓
電話	02-8919-3186
傳真	02-8914-5524

國家圖書館出版品預行編目資料

異遊鬼簿II：地獄門 / 等菁作 --初版 --臺北市：
春天出版國際, 2022.11
面； 公分
ISBN 978-957-741-608-7 (平裝)

863.57　　111016497

ISBN 978-957-741-608-7
Printed in Taiwan